À la ville,
À la campagne,

Des nouvelles,
Des histoires,
Des contes...

André Lejeune

Lire une histoire, un livre, le journal est un plaisir pour beaucoup de monde.

Mon plaisir est d'écrire pour le votre.

Des associations culturelles proposent aux amateurs de se lancer dans l'écriture. J'ai participé de nombreuses fois à cet exercice. Je n'ai rien gagné à ces concours. Suis-je bon ou pas ? Je m'en fiche.

Certaines de ces associations regroupent les écrits reçus lors de ces concours et, tous les auteurs en ayant donné leur accord, sont regroupés dans un livre vendu au profit du Téléthon.

Dans la continuité de ces actions humanitaires, tous mes ouvrages ont été enregistrés, en ayant fait don de mes droits et de l'exemplaire pour leurs archives, à la bibliothèque sonore de Châteaudun. Les mal-voyants ont ainsi le plaisir d'entendre les écrits de nombreux auteurs régionaux ou nationaux et aussi d'écouter une revue de presse locale régulièrement.

Lorsque vous aurez fini de lire cet ouvrage, vous saurez que la lecture audio sera prête pour les nombreux auditeurs de cet établissement si important pour moi.

Les nouvelles de ce recueil sont comme un inventaire à la Prévert : Libres ou de participation aux concours avec un thème imposé, inspirées par des rencontres humaines, par des paysages croisés lors de balades, histoires fantastiques avec des fées, toujours sans oublier l'amour des hommes et des femmes ou le soutien envers les gens en difficulté.

Bonne lecture et à un prochain recueil.

Nota : les dessins en fin de nouvelles sont de l'auteur.

Chuuuut !

Avril 1925.

Ce jeudi matin, neuf heures ont sonné au clocher de l'église. Vêtu de sa veste de toile bleue et de son vieux pantalon de velours qui fut brun, avançant de sa démarche claudicante, Robert traverse la cour de la ferme et se dirige vers la maison d'habitation. Il nettoie ses sabots sur le décrotteur en fer à gauche de la porte, pose la main droite sur la poignée puis la retire. Il décide de laisser ses sabots dehors. Après réflexion, il entre sur la pointe des pieds sans faire de bruit. Il prend sa casquette dans la main gauche et traverse la grande pièce principale lentement. Ses chaussettes glissent sur les vieilles tomettes hexagonales. La porte de la chambre est entrouverte. Il entre et se dirige vers le lit. Sa fille, Madeleine, l'a entendu, tourne la tête et pose son index devant ses lèvres en susurrant « chuut ! Le petit André dort ! » Elle se tourne vers le berceau ceint de voile blanc et regarde son fils. Il a ses petits poings serrés et comme un sourire béat sur les lèvres. Madeleine répète à son père de ne pas faire de bruit dans un filet de voix. Robert se penche sur le berceau, se recule puis fait une bise à sa fille en la félicitant au creux de l'oreille. Il fait deux pas en arrière et tend le cou pour voir encore son petit-fils avant de retourner travailler. Il va à l'étable pour préparer la litière de paille avant le retour des vaches du pré. Madeleine a entendu la porte de la maison se refermer et se lève doucement sans faire de bruit. Elle se rend dans la cuisine pour laver le dernier biberon et en préparer un autre. Un bruit à la fenêtre lui fait tourner la tête : c'est le chat qui veut rentrer. Il miaule. Madeleine en trois pas vient devant la fenêtre et, fixant le chat, elle lui ouvre en mettent son index devant sa bouche en lui disant « chut ! » Le chat s'en moque et continue à réclamer sa gamelle à haute voix ! Il saute sur le carrelage et va directement à côté de la cuisinière émaillée bleu. Il s'assoit et regarde alternativement Madeleine et son bol vide. Il n'a pas le temps de réclamer à nouveau, du lait coule dans son bol. Il le lape en ronronnant. Madeleine retourne dans la chambre et regarde son fils qui dort toujours calmement. Elle décide de s'habiller et de retourner dans la cuisine pour préparer le repas de midi pour son homme et les charretiers qui seront là à midi précises. Elle a encore presque deux heures avant leur arrivée. Elle se reposera en début d'après-midi une fois la vaisselle faite et rangée.

Décembre 1930.

Noël est dans une semaine. Madeleine pose l'étoile tout en haut du sapin. Elle descend de l'escabeau, recule et regarde son œuvre. Elle tourne la tête et admire la crèche où il manque encore l'enfant Jésus. La porte s'ouvre en grand d'un seul coup, c'est André qui entre et pousse un cri de joie et d'étonnement en voyant le sapin. Avec un grand sourire, Madeleine le regarde et posant son index gauche devant la bouche lui demande de se taire en lui disant « Chut ! ». André s'immobilise à l'instant et fixe sa mère d'un œil interrogatif. « Pourquoi maman pas de bruit ? » Madeleine se rapproche de lui, le prend dans ses bras et lui dit quelques mots à voix basse au creux de l'oreille. André hoche la tête et retourne jouer dehors. Il est à peine dix sept heures et le soleil est caché par des nuages sombres. Sans doute de la neige pour cette nuit ou demain. André va voir les moutons qui sont à l'abri sous le hangar où Jean a installé son parc. Le berger arrive justement et lui pose la main sur la tête. André est heureux de le voir. Les chiens, attachés à la cabane, tirent sur leurs chaînes en aboyant pour faire fête à leur maître. Robert sort de l'étable et vient rejoindre Jean. André les laisse parler et rentre à la maison.

Mai 1936.

André revient de l'école. Les chiens aboient quand il traverse la cour. Il s'arrête et leur fait « Chuut ! » en posant son index sur les lèvres. Il pose la main sur la clenche de la porte de la maison mais il s'immobilise. Il entend une voix nasillarde inconnue. Il ouvre tout doucement et se glisse dans la maison comme le ferait un voleur. Il fait trois pas et s'arrête. Il voit son père Claude et Robert son grand-père assis côte à côte sans bouger qui regardent le poste de radio. C'est de là que provient la voix qu'André a entendu. Robert a senti sa présence et lui fait « Chut ! c'est à Paris ! » André s'éclipse dans sa chambre et commence ses devoirs. Il est interrompu par la voix de son grand-père qui crie presque « Chuut ! Mais écoute, c'est la révolution ! » Claude répond aussitôt « mais c'est l'avenir qui se joue » « Chuut ! Tais-toi ! ». André inquiet par ces éclats de voix vient voir à la porte de la cuisine, écoute quelques instants puis repart à ses devoirs.

Juillet 1942.

Les cinq vieux bretons rentrent de leur journée dans les champs. Ils ont fauché les blés et les ont liés en gerbes. Deux champs sont terminés. Après deux assiettées de soupe et un morceau de cochon, ils rejoignent leurs châlits dressés dans le grenier au-dessus de l'étable. La moisson avance à leur rythme. André aide sa mère dans la cuisine à tout ranger et à préparer pour le petit déjeuner du lendemain. Il fait un aller et retour dans la chambre pour cacher en haut de l'armoire un chapeau de feutre et une longue blouse noire comme celle d'un maquignon. Son petit frère entre à ce moment là. Il demande à André ce qu'est ce déguisement. André le regarde et lui fait « Chut ! Surtout tu ne dis rien de ça à maman ! Tu le sauras plus tard » Le lendemain matin, André est levé avant le soleil pour réveiller les bretons. Il grimpe au grenier, gratte à la porte et fait cinq ou six fois un « Chuuut ! » sonore. Il entend, en descendant, un des tacherons dire « c'est la première fois qu'on me réveille avec chuut ! »

Juin 1944.

André rampe depuis vingt minutes dans le bois le long de la ligne de chemin de fer qui va vers Paris. Une branche craque derrière lui. Il fait un sursaut, se retourne vers son compagnon un doigt sur la bouche et fait un long « chuuut ! ». Depuis deux ans ils ont réalisé des missions de destruction de matériel allemand. Aujourd'hui, l'objectif c'est faire sauter un pont. Une journée de plus à agir sans bruit, sans parler, sans se faire voir. La progression continue encore plus de trente minutes avant d'atteindre les bords de la rivière.On entend l'eau bondir d'un caillou à l'autre. André se relève et fait une fois de plus « chuut ! » en invitant son camarade à le suivre pour installer l'explosif sous le rail. Moins de cinq minutes plus tard ils repartent en sens inverse. Le lendemain vers quinze heures, ils sont cinq à boire un café et parlent des trains qui ne roulent plus. D'un coup André fait « chuut ! » en voyant arriver au loin deux piétons en costume sombre.

Juillet 1944.

Deux hommes en costume sombre sont encadrés par un groupe de jeunes en chemise avec des fusils à la main. Ils crient leur joie d'avoir arrêté deux traites à la nation. Derrière un rideau au premier étage de la grande maison qui jouxte l'église, deux jeunes femmes se cachent en voyant ce groupe faire la fête derrière le drapeau tricolore. Michèle se tourne vers Denise et lui demande « dis-donc, le grand avec le drapeau, ce ne serait pas celui qui faut des chuut ! à répétition devant ta porte ? » Denise regarde vers le plafond et répond qu'elle doit se tromper « pourtant j'ai remarqué que souvent après le quatrième chuut ta porte s'ouvrait »

Mars 1945.

Le glas sonne. Une centaine d'hommes et de femmes habillés de noir sont face au caquetoire et attendent la sortie pour rendre hommage à Robert. Il a été élu pendant une trentaine d'années au conseil municipal. Quand les portes de l'église s'ouvrent en grand, c'est un murmure qui s'élève de la foule. On entend des réprobations avec des « chuut ! » Le corbillard tiré par un hongre à la robe sombre s'éloigne lentement vers le cimetière dans le silence. La famille est accompagnée jusqu'à la mise en terre. Deux jeunes d'une dizaine d'années commentent à voix basse ce qui se passe. Des « chuut ! » nombreux les font taire.

Juin 1945.

Denise sort de la boutique de nouveautés où elle travaille depuis le début de l'année. Son petit sac à la main, elle marche tranquillement vers la place de l'église. Au croisement du chemin du lavoir, un homme se jette sur elle, lui pose la main sur la bouche. Une voix qu'elle reconnaît lui fait au creux de l'oreille « chuut ! » Les deux jeunes se retrouvent aussitôt dans les bras l'un de l'autre et s'embrassent. Denise se recule d'un pas et se prépare à parler. André pose son index sur ses lèvres en lui disant « chuut ! Écoute ». Dans le creux de l'oreille André fait à Denise la demande qu'elle attend depuis plusieurs semaines. Elle lui saute dans les bras mais André lui susurre « surtout chuut ! Tu ne dis rien avant ton anniversaire le mois prochain. On l'annoncera ensemble. »   « Bien sûr mon chuut je ne dirais rien »

Juillet 1946.

André termine d'enfiler sa veste, sa mère l'aide et vérifie l'ajustement de sa cravate. Elle demande à son fils de se dépêcher, qu'il ne faut pas faire attendre le maire et surtout Denise. « maman, chuut ! On sera à l'heure » Une heure plus tard les deux familles sont sur le perron de la mairie et attendent monsieur le maire. Accompagné de la secrétaire, il ouvre la porte et invite tout le monde à suivre les futurs mariés. Si les deux jeunes sont installés dans de splendides fauteuils, les témoins et les parents n'ont droit qu'à de simples chaises. La salle est pleine comme un œuf : les amis des mariés sont venus en nombre. Monsieur le maire commence la lecture des textes légaux avant de prendre le livre d'état civil. Il s'adresse au marié et l'appelle par son prénom. À l'énoncé d'André, un bruit sourd commence au fond de la salle tout doucement puis il enfle à devenir comme on ronronnement contenu. Le maire tourne la tête de tous les côtés et cherche d'où il vient. En fixant les lèvres de plusieurs jeunes il devine « chuut ». Le ronronnement ressemble maintenant à un grondement. D'un seul coup, au fond de la salle, un grand blond crie presque à hurler « taisez vous, chuut ! Chuut ! Chuut se marie ! » C'est un éclat de rire général avant que le maire reprenne la cérémonie. Les mariés et les témoins ont signé les actes et se préparent à rejoindre l'extérieur quand monsieur le maire interpelle André et Denise. « C'est quoi ce chuut ? » Les mariés éclatent de rire et répondent au maire « C'est notre secret, il ne faut pas le divulguer, chuut ! »

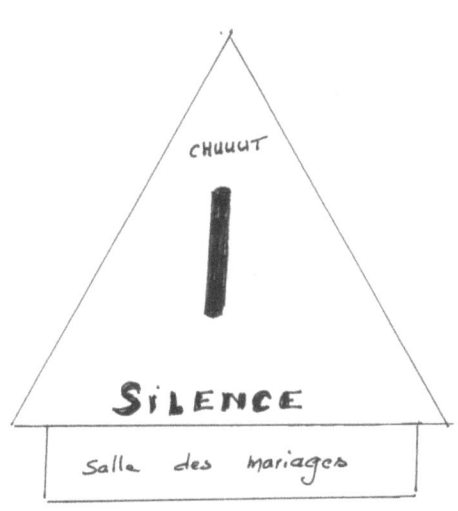

Le bois de Rose

Pas un bruit ne trouble le calme qui règne. Tout est apparemment normal. Au loin on aperçoit une forêt épaisse dans laquelle se dresse de très grands arbres. Elle est si épaisse que nul n'y pénètre. Tout à coup, alors que le ciel est bleu, que le soleil brille et darde ses rayons sur les blés qui blondissent, un éclair, comme un éclair d'orage, tombe sur le sapin qui domine cette forêt. Cet éclair en tombant faire un fracas énorme qui est entendu jusque dans le village. Aussitôt des flammes apparaissent, une colonne de fumée se forme et grimpe haut et droit dans le ciel. Bérangère a entendu ce bruit inhabituel, ouvre la porte de sa masure, traverse son jardinet et sort sur le chemin qui mène au centre du village. Tous les habitants en ont fait autant. Ils se parlent, regardent la colonne de fumée et s'interrogent sur quoi faire. Le curé rejoint un groupe, demande quelque chose puis part en courant vers son église. Il y entre et va directement à droite sous le clocher. La corde de la cloche pend, le curé l'empoigne et tire dessus de toutes ses forces. Dans toute la vallée, les gens ont reconnu le tocsin et ils viennent tous devant le parvis de l'église. Des femmes entrent en entraînant leurs enfants et se mettent à prier. Les hommes restent dehors. Ce sont les plus âgés. Un bruit de galop ou de trot annonce l'arrivée de ceux qui étaient dans leurs champs. En un quart d'heure presque tout le village est devant l'église. Le père Charles arrive en claudiquant en s'appuyant sur sa canne. Il s'arrête au milieu de la place, à une quinzaine de mètres du groupe d'hommes. Il tape le sol cinq ou six fois avec sa canne et hurle

     – Alors vous attendez quoi ? Que le feu vienne jusqu'aux maisons ?

     Tous se retournent vers lui. Personne ne répond.

     – Alors vous avez peur ! La fumée de là-bas je ne la crains pas, moi j'y vais. Je n'ai pas peur d'aller au devant de ce que vous croyez, bande de froussards !

     Il fait demi-tour et part toujours en tirant la patte en s'appuyant sur sa canne. Les hommes se remettent à parler mais restent sur le parvis de l'église. Des jeunes discutent entre eux du départ du père Charles, ils sont inquiets. Philippe et Henri, tout juste seize ans s'éclipsent sans rien dire. Ils font le tour de l'église, prennent le chemin vert qui longe l'arrière des jardins et rapidement rattrapent le père Charles qui est surpris de les voir sur ses talons.

– Vous allez où comme ça ?

– Père Charles, on ne peut pas vous laisser seul éteindre ce feu, surtout avec toute cette fumée, c'est important.

Le père Charles ne répond pas et continue à avancer à son allure. Les deux jeunes le suivent sans dire un mot. Cinq minutes plus tard, ils sont tous les trois à l'orée de la forêt. La fumée est bien visible à moins de cent mètres d'eux mais à l'intérieur de la forêt. Le père Charles s'arrête puis avance de quelques pas. Il est à dix mètres de l'orée. Il regarde à gauche, à droite. Philippe et Henri l'observent sans bouger. Charles fait encore quelques pas, regarde ses pieds. Il reste immobile trente secondes puis tenant sa canne droite devant lui s'approche. Il glisse sa canne dans la fourche d'un noisetier juste sous le nid d'un merle qui s'envole en criant.

Toutes les branches s'agitent, un souffle chaud et violent s'abat sur Philippe et Henri qui ferment les yeux quelques secondes. Ils les rouvrent, se regardent puis s'aperçoivent que le père Charles a disparu. Ils font rapidement les quelques pas pour venir devant le noisetier que le père Charles a pointé de sa canne. Il n'y a rien, pas de traces, pas de passage, les branches sont entremêlées. Ils reculent, vont à droite et reviennent à gauche. Rien. D'un coup Philippe tend le bras vers le milieu de la forêt en tirant Henri par sa manche : il n'y a plus de fumée. Ils ne comprennent pas ce qui a pu se passer et cherchent à nouveau à découvrir où est passé le père Charles. Ils posent la main sur le noisetier et commencent à écarter les branches. Un souffle tiède arrive sur leurs visages, une voix douce se fait entendre. Les deux jeunes sont comme paralysés et écoutent. Une mélopée dont ils ne comprennent rien vient jusqu'à leurs oreilles. La voix continue et devient presque compréhensible. Le souffle tiède se transforme en rafales violentes qui plie les branches des arbres jusqu'au sol, c'est une tempête qui soulève les brindilles et les herbes. Philippe et Henri se protègent le visage. Ils ne comprennent rien à ces événements et décident de revenir au village.

En arrivant, ils aperçoivent au milieu des habitants rassemblés le père Charles. Ils sont surpris et se demandent comment il a fait pour être revenu avant eux. Ils s'approchent en catimini et tendent l'oreille. Charles explique que dès son arrivée dans le bois la fée des arbres lui a confié une mission en échange de l'extinction de l'incendie qu'elle a inventé mais qu'il ne peut rien dire. Des femmes s'approchent de lui, s'agenouillent et prient, le considérant comme un envoyé de Dieu. Charles sourit à ces manifestations.

En se tournant il voit les deux jeunes restés en retrait. Il écarte la foule et les rejoint. Il les invitent à venir chez lui. Hésitants, ils emboîtent le pas de Charles. Sa petite maison est en bordure de la mare. Son jardinet est bien entretenu. Charles entre le premier et invite les deux jeunes à le suivre. Ils entrent et restent debout devant la table, leur hôte face à eux. Charles les observe, reste silencieux peut-être une minute puis, regardant d'abord Philippe puis Henri, il leur dit

– Vous vous demandez ce qui s'est passé pour que je sois revenu avant vous au village
– Oui et comment le feu s'est éteint.
– Tout ça ce n'est pas moi, c'est mon amie
– Une amie, on ne t'a jamais vu avec une femme
– Ce n'est pas une femme, c'est la fée Rose qui vit dans le bois. Elle m'a fait venir d'urgence en faisant croire au feu
– Une fée !
– Oui, elle protège les arbres de ceux qui veulent les faire disparaître sans la respecter.
– Et alors ?
– Il y a trois habitants du village qui ont marqué de rouge une dizaine de beaux hêtres, sans doute pour les abattre. Elle ne peut pas accepter si ces trois hommes ne font pas de cadeaux pour compenser.
– Elle vous a dit qui étaient ces trois hommes.
– Oui, et je crois qu'elle vous a fait venir pour m'aider .
– Mais on y est allé de notre plein gré derrière vous.
– Non ! c'est elle qui vous en a glissé l'idée. Voici ce que nous allons faire tous les trois...

Pendant une semaine, toutes les nuits il y a des formes humaines qui parcourent les rues du village, les chiens aboient, des volets s'ouvrent. Certains habitants sortent dans leurs jardins avec une bougie à la main. Une grande inquiétude gagne tout le village. Les femmes sont levées de bonne heure pour aller prier aux matines. Au septième jour au lever du soleil, le village est envahi par des dizaines de vaches en liberté. Les fermiers tentent de les réunir et de les faire retourner à l'étable. Ils n'y arrivent pas et les vaches s'enfuient vers le bois. Charles, Philippe et Henri les regardent passer sans bouger. Ils savent que Rose attend les bêtes et surtout leurs propriétaires. Les hommes suivent le troupeau. Les femmes sont restées à la maison et tiennent les enfants enfermés. Les vaches sont arrivées dans le friche qui borde le bois. Les hommes arrivent peu de temps après elles. Ils sont surpris de voir leurs bêtes paître tranquillement comme si elles étaient dans leur pâture habituelle. D'un seul coup, un souffle chaud et tourbillonnant arrive du bois. Les branches s'agitent en tous sens, les chapeaux des hommes s'envolent. Les vaches restent impassibles. C'est une véritable tempête qui s'abat maintenant sur eux. La plupart tombent à genoux, se cachent le visage. Le vent se calme aussi vite qu'il s'est déclenché. Une forme vaporeuse apparaît au dessus des arbres en bordure du bois et une voix douce se fait entendre :

– Vous ne viendrez jamais ici abattre un de mes arbres sans en replanter un. Un arbre c'est la vie, c'est votre vie. Repartez avec vos bêtes. Rejoignez vos familles. Si vous respectez ma demande, je vous aiderais.

Depuis ce jour, les bois autour du village ont grandi. Chaque dimanche l'église est pleine pour une prière pour remercier Rose.

Le bois de Rose est en flammes

Une chasse au trésor

Albert ouvre les yeux. Il se tourne vers la fenêtre et aperçoit un rai de soleil sous le bas du volet. Il écarte les draps froissés. Sans bruit il se secoue et se lève. Lentement il se met à la verticale, pose les pieds sur le parquet et va d'un pas traînant dans le salle d'eau. Un coup d'eau froide sur le visage puis le blaireau fait mousser le savon à barbe pour que la lame du coupe-chou rende la peau lisse de tout poil. Il met le café à chauffer pendant qu'il s'habille. Son grand bol de breuvage bien chaud, une tranche de pain beurrée largement, un morceau de poitrine de porc le rende tout joyeux pour attaquer une bonne journée. Il sort sur le pas de la porte et jette un coup d'œil vers l'est : le soleil levant entoure le château d'une immense lueur rouge qui jaunit rapidement. Pas un nuage. « une bonne journée pour la pêche ! » pense Albert. Il va dans le cellier pour vérifier son matériel : cannes, moulinets, appâts, bourriche, tout est prêt à partir. Il revient à la maison et va jusqu'à la chambre pour réveiller Jeanne. Elle est en train de se lever. Il l'embrasse en lui annonçant qu'il part à la pêche.

Il descend tranquillement la rue puis traverse le pont sur la rivière. La circulation l'oblige a bien maintenir ses cannes le long du parapet, le trottoir étant étroit. Arrivé presque au milieu, Albert se penche et regarde en bas. Il a un sourire en voyant que le banc de pierre n'est pas occupé. C'est sa place préférée. Il accélère le pas, descend les cinq marches et pose ses cannes sur le banc dès en arrivant « ça y est c'est réservé ! » pense-t-il tout haut. En moins de cinq minutes, une ligne est mise à l'eau. Albert cale la canne sur le support en fer qu'il a bricolé et pose l'épuisette à côté de lui au bout du banc. En la posant il remarque derrière le banc, le long du mur, un sac en papier gris au sol. « encore un salaud qui s'est débarrassé de ses ordures ! ». Intrigué, il va le ramasser. Le sac n'est pas chiffonné, presque plié avec précautions. Albert s'assoit et ouvre le sac. Il y découvre des feuilles de papier pliées plus ou moins bien mais pas chiffonnées pour aller à la poubelle ou au feu. Il en prend une, la déplie. Il voit une écriture ronde à l'encre violette qui suit des lignes grises. Il n'y a de l'écrit que d'un côté. Il prend une deuxième feuille, même chose, elle n'est écrite que d'un côté. Albert prend toutes les feuilles une par une, les défroisse et les met à plat ensemble, les plie et les range dans sa bourriche. Troublé, il reprend sa pêche. Une heure plus tard, il n'a pas eu une seule touche et décide de rentrer. Il veut aussi éclaircir ces écrits étranges.

Jeanne est surprise de voir Albert déjà de retour. Quand il va à la pêche il rentre souvent à midi passé et là il est à peine onze heures. Elle n'a pas le temps de lui demander ce qui se passe, Albert pose sur la table les feuilles qu'il a trouvées et lui explique :

– Sous mon banc j'ai trouvé un sac avec ces papiers. J'ai commencé à les lire mais je n'ai rien compris. Tiens regarde.
– Voir quoi ?
– Regarde en haut de celle-ci il y a écrit : tu vas découvrir une nouvelle vie. Je ne sais pas ce que ça veut dire.

Jeanne prend cette feuille et la regarde de près. Elle lit au moins dix fois cette première ligne puis plonge dans les lignes en dessous. C'est une liste de noms de gens célèbres. Elle prend la suivante, ce sont d'autres noms. Sur deux autres ce sont des chiffres avec des annotations. Il y a ensuite des noms de plantes, d'arbres ou d'animaux. Une liste de couleurs ou de dénominations de nuages précède une page de dessins bizarres. Elle empile tout et les range sur un coin du buffet. « On verra ça après manger « se dit-elle.

Il est presque quatorze heures quand Jeanne finit de ranger la vaisselle. Elle passe un coup de chiffon sur la table et étale toutes les feuilles côte à côte. Elle reprend la lecture de cette encre violette si étrange et qui semble avoir peut-être un siècle. La liste de noms est longue d'une trentaine de patronymes plus ou moins connus. À la troisième fois qu'elle parcourt cette liste elle fait un bond et sort appeler Albert qui est resté à jardiner. Il arrive aussitôt et demande à Jeanne les raisons de son appel

— Regarde tranquillement les noms. Ça ne te dit rien ?
— Non. Je les connais à peu près tous.
— Bah oui c'est sûr. Tu ne crois pas que ce sont les noms de rue dans notre ville ?
— Mais oui ! Tu as raison.
— Albert, range tes outils, je prend la feuille et on fait le tour des rues en suivant la liste.
— Oui. J'arrive.

Gambetta, Jules Ferry, Henri IV et les autres rues reçoivent la visite du couple. À seize heures ils sont de retour à la maison après avoir bien marché mais sans avoir compris ce que signifie cette suite de noms. Albert pose la feuille sur la table à côté des autres. Il colle au long celle qui comporte des chiffres. Il constate qu'il y a un chiffre en face de chaque nom. Il appelle Jeanne et lui montre sa découverte

– Il faudra refaire le tour en s'arrêtant en face de chaque numéro et réfléchir à ce qu'on verra. On partira aussi avec les autres feuilles.

– La pêche ne donne pas grand-chose en ce moment, c'est bon pour moi. On part demain tout de suite après le repas.

– Oui pas de problème. Par contre je te propose d'y aller en prenant les autres feuilles. Regarde il y a autant de lignes que pour la liste des noms et des numéros. Ça doit avoir une raison.

– Tu penses à beaucoup plus de choses que moi ! D'accord.

Le lendemain, la promenade part à quatorze heures trente en suivant la liste des noms. Dès la troisième adresse, Albert et Jeanne ont compris le fonctionnement de l'énigme qu'ils ont en main. Ici c'est la couleur marquée sur la troisième feuille qui est celle des volets, plus loin c'est la forme de la sculpture du linteau d'entrée qui est notée. À chaque arrêt, Jeanne souligne les trois éléments du lieu : nom et numéro de la rue ou signe particulier. La liste des noms est presque complètement couverte de rayures au crayon à l'exception d'un nom que Jeanne ne comprend pas. Elle propose de rentrer, il est presque dix-huit heures. Albert se sert un verre de vin et s'assoit à côté de Jeanne qui a étalé toutes les feuilles sur la table.

– Il n'y a plus que cette rue à trouver. Et aussi ces lettres sur les deux dernières feuilles. Elles ne sont pas côte à côte.

– Attend, cette rue dont on n'a pas trouvé trace, ce nom m'évoque quelque chose. Ça existait avant la guerre, elle a été rebaptisée du nom d'un résistant. On ira demain matin. Bon pour les lettres prend donc une ou deux feuilles blanches et un crayon. Essaye avec les premières lignes, écrit les lettres de l'une en mettant dans les espaces les lettres de l'autre.

– C'est du charabia ! Ça ne veut rien dire.

– Essaye autrement, en sautant une ligne ou deux, je ne sais pas, tu écris mieux que moi.

– Laisse moi du temps, va faire un tour au jardin. Je voudrais du calme pour continuer.

– Oui j'y vais, il y a de l'herbe à arracher.

Albert est de retour peu de temps après dix-neuf heures dans la maison. Jeanne lui sourit en le voyant et lui dit

– J'ai trouvé la fin de notre jeu de piste des lettres. Voici ce que j'ai trouvé, un nom et un prénom. Regarde.

– Ça me rappelle un truc et aussi ce nom de rue. C'est bizarre, je ressens comme un malaise. Il faut aller voir cette maison demain matin.

– C'est quoi ce que tu ressens ?

– Ce nom c'était une vieille dame étrange que le curé nous disait de ne jamais aller voir. Elle faisait peur à beaucoup de monde. Elle a eu trois filles qui auraient bien trente ans de plus que moi. Elles sont peut-être mortes.

Bon c'est bien mais je vois qu'il reste encore des lettres que tu n'as pas rayées.

– Ce n'est pas la peine, j'ai compris ce qu'elles veulent dire. Tiens voila la solution : cherche la valise ! Et dans le bas de la dernière feuille il y a un dessin d'une caisse ou quelque chose qui y ressemble.

– Tu es plus forte que le commissaire Maigret ! On ira voir demain cet endroit.

La nuit a été agitée pour Jeanne et Albert qui n'ont pas trouvé le sommeil. Ils sont debout de bonne heure et il n'est pas encore huit heures quand ils partent pour voir cette mystérieuse maison. Ils montent les rues en pente du centre historique de la ville, leurs chaussures résonnent sur les pavés un peu disjoints. Albert retient d'un coup Jeanne par la manche en lui montrant le début d'une impasse étroite entre deux maisons juste à côté du château. Ils y avancent d'une dizaine de mètres et s'arrêtent devant une grande bâche qui masque toute une façade. Albert se colle au mur en face et regarde à droite et à gauche

– C'est celle-là ! Les numéros de chaque côté correspondent. On essaye d'entrer.

– Oui, il n'y a personne autour. Il ne faut pas qu'on nous prenne pour des voleurs.

Albert soulève le coin de la bâche. Elle masque entièrement la façade en colombage qui est en cours de restauration. Il n'y a plus de fenêtres ni de porte. L'intérieur est rempli de gravats sur presque un mètre par endroit. Albert aide Jeanne à avancer. Ils ont traversé la maison et sont face à un petit jardin qui ne se voit pas de la rue, totalement entouré des maisons. Il demande à son épouse les deux dernières feuilles pour vérifier quelque chose. Jeanne lui tend et regarde par dessus son épaule. Au bout de trois ou quatre minutes de réflexion, Albert montre du doigt une des deux feuilles

– Ce dessin-là, on ne l'a pas rayé. Regarde devant nous, ce serait bien ce cabanon avec sa porte et sa petite fenêtre. Il n'est pas encore démoli, on va voir dedans.

– Ça m'inquiète ton truc, j'ai peur

– Bah ! Reste ici, j'y vais.

Albert fait trois pas et tend la main vers la poignée qui est au milieu de la porte. Il la tourne et en poussant légèrement, la porte s'écroule à l'intérieur, les gonds ont lâché. Il fait un saut en arrière tandis que Jeanne rentre dans la maison en poussant un cri. Un nuage de poussières sort du cabanon. Albert patiente pour voir clair puis entre d'un pas, tourne la tête en tous sens, avance encore un peu puis appelle Jeanne

     – Là, sur la commode, il y a une valise, viens voir.
     – Non ! Fais ce que tu veux, moi, je ne bouge pas
     – D'accord. Je regarde partout ce qu'il y a, puis je la prend.

Le retour à la maison se fait rapidement avec la valise dans les bras pour ne rien perdre de son contenu. Ils sont sortis de la maison et de l'impasse en regardant si quelqu'un les voyait. Sortis du centre ancien, ils ont ralenti le pas pour paraître naturels, comme des promeneurs matinaux. Ils ne croisent personne.

Albert et Jeanne ont devant eux une demi-douzaine d'envelopppes toutes cachetées à la cire sauf une simplement fermée. Sur celle-ci une annotation écrite de la même écriture et la même encre que les feuilles trouvées par Albert. Il y a marqué en grandes lettres « pour le découvreur »

     – C'est nous le découvreur puisqu'on a trouvé la valise s'exclame Jeanne
     – Oui. On peut dire ça comme ça. Je l'ouvre. Donne moi un couteau.

Avec précautions Albert introduit la lame du couteau en haut de l'enveloppe et commence à couper. Il écarte et plonge deux doigts à l'intérieur. Il y a quatre feuilles. Trois comportent une suite de lignes avec des mots plus ou moins compréhensibles et des chiffres. L'autre est une lettre à en-tête d'un notaire dont l'adresse est en ville. Albert la lit plusieurs fois et la tend à Jeanne.

– Il faut qu'on aille voir ce notaire. J'irais tantôt pour prendre rendez-vous.
--Oui c'est ce qu'il faut faire. Tiens voila son nom et l'adresse.

Il est quatorze heures quinze quand Albert arrive dans la rue parallèle à la grande rue devant le numéro quinze. C'est l'adresse qu'il y a sur la lettre à en-tête trouvée dans la valise. Il s'arrête et regarde la plaque qui est scellée à droite de la porte. Il a un mouvement de recul car il découvre que ce n'est pas le même nom. Il entre quand même. Une belle femme blonde est assise derrière un grand bureau où trône une machine à écrire et une présentation fleurie. Albert la salue et lui montre la lettre. La secrétaire la lit et le regarde :

– Vous avez cette lettre depuis combien de temps ?
– Depuis hier

– Oh !!!! Maître Jubereau est décédé depuis dix
ans. Attendez, je vais demander à maître Honcart,
son successeur, ce qu'on peut faire.
– Merci. J'attends.

Trois minutes plus tard, la secrétaire revient au
bureau d'accueil mais ne s'assoit pas et invite Albert à la
suivre. Elle le conduit jusqu'au fond du couloir et l'invite
à entrer dans le bureau du notaire. Celui-ci est debout et
tend la main à Albert puis lui indique un fauteuil. Le
notaire a en main la lettre. Albert le regarde en se
demandant ce qu'il va lui dire.

– Monsieur, vous avez un document pour lequel
je dois faire des recherches. Lorsque j'ai succédé à
maître Jubereau, il m'avait laissé un papier qui
traitait de cette personne. C'est très particulier et je
vais plonger dans les archives de l'étude. Laissez
moi vos coordonnées et je vous communiquerais
les résultats.
– Merci monsieur.

Depuis une dizaine de jours chaque matin, Albert
regarde dans la boite aux lettres avant de partir à la pêche
s'il y a un courrier du notaire. Ce matin, il la trouve et
rentre en appelant Jeanne. Le notaire les invite à venir en
début d'après-midi pour la fameuse lettre.

Ils sont arrivés devant la porte de l'étude un quart d'heure avant le rendez-vous proposé et la secrétaire les fait attendre face à son bureau. Jeanne admire la qualité des fauteuils où ils sont assis. Le téléphone de la secrétaire sonne, elle décroche et répond aussitôt : « oui, monsieur ». Elle se lève et invite Jeanne et Albert à la suivre jusqu'au bureau au fond du couloir. Maître Honcart les attend en tenant la porte ouverte et les invite à s'asseoir.

– Madame, monsieur, j'ai retrouvé dans les archives de l'étude le document concernant votre affaire
– Maître ce n'est pas une affaire, c'est une lettre.
– Oui comme vous voulez. Donc vous devez avoir des enveloppes avec plein de papiers dedans.
– Oui mais est-ce qu'il faut vous les apporter aussi ? On ne les a pas ouvertes, elles sont cachetées à la cire
– Non. vous les gardez. Et écoutez bien ce que la personne, qui a écrit ce que vous possédez, nous a demandé de transmettre à ceux qui trouveraient son trésor, c'est comme ça qu'elle appelle ce que vous avez découvert.
– Un trésor cette valise de papiers qu'on a pas lus !
– Oui. Elle était un peu sorcière et vous avez toutes ses recettes pour faire le bonheur ou lancer des maléfices contre ceux que vous détestez. Il y a aussi les préparations et les incantations pour

soigner des maux. « Je vous souhaite longue vie et plein de bonheur » ! Ce sont les neuf mots en bas du document que j'ai retrouvé.

– Heu ! Merci maître. On vous doit quelque chose ?

– Non. Surtout n'en parlez à personne. C'est un trésor. Un trésor de papier.

Albert arrive à la pêche

Sous les frondaisons

Jacques est heureux en ce jeudi des vacances de Pâques. Il regarde sa montre : treize heures trente. Il doit être devant l'église de Saint Malon dans moins de dix minutes. Il vérifie son jean et sa chemisette, remonte ses chaussettes et met ses chaussures de marche. Il a l'habitude de faire de nombreuses sorties à pied dans la forêt proche et il en connaît les chemins et les clairières. Il revient dans sa chambre, prend son téléphone portable puis passe par la salle de bains pour un dernier coup de peigne. Un détour par la cuisine, il fait une bise à sa mère en lui promettant de revenir avant dix-huit heures.

Il chantonne dans la rue et, sautillant par moment, il va d'un pas rapide vers l'église. Il n'entend pas les oiseaux qui chantent dans les arbres qui bordent la place de la mairie. Il continue se retenant de courir, il sent une certaine émotion l'éteindre : sera-t-elle au rendez-vous ?

Hier soir pendant plus d'une heure dans sa chambre il est resté au téléphone avec elle à parler de plein de choses et de ce lendemain qui est enfin là. Arrivé avant le presbytère, Jacques ralentit le pas, longe le mur au plus près puis s'immobilise au coin. Un pas, il tend le cou et regarde. Une silhouette qu'il connaît bien est assise sur le banc en face des marches du parvis de l'église. Monique a les yeux dans le vide. Elle est dans ses pensées. D'un geste lent puis rapide, de sa main droite, elle rejette en arrière ses longs cheveux châtain clair. Jacques regarde encore quelques instants puis se décide, il franchit la dizaine de mètres qui le sépare de celle qu'il veut serrer dans ses bras. Monique se retourne en entendant des pas derrière elle. En voyant que c'est Jacques, elle fait un bond vers lui et tombe dans ses bras. Les deux amoureux s'étreignent et s'embrassent longuement. Jacques s'écarte d'un pas, regarde sa belle et la complimente sur sa beauté. Leurs yeux montrent leur joie de se retrouver. Les deux jeunes s'étaient vus la première fois il y a trois ans lors du banquet du quatorze juillet, lui collégien en classe de quatrième et elle, aussi collégienne venue en vacances chez une tante pour se changer de la vie de citadine de la région parisienne. Ils se sont retrouvés aux grandes vacances d'été puis cette année à celles de printemps.

Jacques propose de partir à la découverte de chemins de la forêt que Monique ne connaît pas. L'été dernier Jacques lui avait conté les légendes de ces lieux avec les fées, la fontaine de jouvence et l'enchanteur Merlin. Monique de son côté avait lu quelques livres cet hiver et est impatiente de voir de ses yeux cette mystérieuse forêt. Les deux jeunes se tenant par la main quitte le centre du village et se dirigent vers la Villa Moisan et ses maisons aux murs de grès. Tous les volets sont fermés quand ils passent. Sous les premiers arbres trois voitures sont stationnées. Les immatriculations indiquent que ce sont des touristes venus de Belgique et d'Angleterre.

Ils s'engagent dans un petit chemin sous les grands arbres dont les branches se rejoignent pour former une voûte. Ils ont à peine parcouru une vingtaine de mètres quand un écureuil saute au milieu du chemin. Il s'arrête, les regarde puis en trois sauts il disparaît derrière une souche. Il grimpe le long d'un tronc d'un grand chêne, s'immobilise, se penche et regarde encore une fois les deux jeunes qui sont restés immobiles à l'observer. Monique sert fort la main de Jacques dans la sienne et le tire pour le faire redémarrer. Jacques se remet en marche lentement et se retourne plusieurs fois pour tenter de voir encore cet écureuil. Rien. Il a disparu. Un panneau peint sur un morceau de bois indique la direction de la fontaine de jouvence, Jacques invite Monique à y aller. Un tas de pierres borde le chemin.

D'un coup, un crapaud qui était caché derrière coasse plusieurs fois puis saute par dessus, atterrit sur le chemin, saute à nouveau et se retrouve dans le bois de l'autre côté. Les jeunes l'entendent encore coasser. Monique s'est arrêtée et a même fait un pas en arrière, elle est inquiète. Sans doute, elle n'a pas l'habitude de se promener en pleine nature. Jacques tente de la rassurer, la serre dans ses bras, elle tremble et commence à pleurer. Jacques lui explique que les animaux, ici comme dans les autres bois, vivent leur vie même si des hommes passent en travers de leur chemin. Monique étreint Jacques plus fort et accepte de continuer vers cette fameuse fontaine.

Une clairière apparaît. Des pierres taillées sont posées en arc de cercle. Jacques tend le bras et montre l'ensemble en expliquant la légende de cette fontaine avec les enfants qui y étaient baignés peu de temps après leur naissance pour être inscrits sur les registres de l'église en leur donnant une identité. Les mairies n'existaient pas à cette époque. Monique demande quels seraient les effets sur elle si elle buvait de l'eau de cette fontaine, Jacques se met en face d'elle, lui prend les mains et à cet instant des cris stridents et des appels au secours poussés par une voix féminine résonnent non loin de là. Il se lance aussitôt dans la direction des cris, il court à travers les arbres, saute par dessus des ronciers, manque de tomber mais il continue. D'un coup il s'arrête : face à lui une femme vêtue d'un jogging blanc avec des rayures rouges est entourée de trois merles qui l'attaquent en lui donnant des coups de bec. Les oiseaux crient sans arrêt et d'autres merles arrivent à leur tour. Ils attaquent aussi la femme qui se recroqueville au sol en se protégeant la tête de ses bras. Jacques regarde un instant puis fait un bond vers la femme en criant et en agitant les bras comme les ailes d'un moulin. Les merles battent en retraite mais se posent juste à côté sur les branches. Leurs cris continuent. Jacques aide la femme à se relever et s'inquiète de la raison de l'attaque des merles. Il comprend aussitôt en voyant aux pieds de la femme un nid avec trois oisillons le bec grand ouvert et qui réclament à manger. Il prend la femme par les épaules et la fait reculer de quelques pas. Monique arrive à cet instant et demande ce qui s'est passé. Jacques lui prend la main et explique ce qu'il devine :

– Nous venons d'assister à la colère des oiseaux, des hôtes de cette forêt. Elle est le domaine des êtres mystérieux et les oiseaux en font partie. Madame pourquoi avez vous touché et pris ce nid ? Vous avez attenté à la vie de ce lieu, partez avant que les Korrigans se réveillent et vous fassent des misères ! »

Monique reste bouche bée en entendant son amoureux parler ainsi, elle se serre contre lui et voit la femme, le regard apeuré, quitter la clairière en courant.

Les merles deviennent plus calmes. Jacques revient où était le femme en jogging, ramasse délicatement le nid avec les petits puis va le poser dans une fourche entre deux branches de noisetier. Une merlette vient se poser sur l'épaule de Jacques qui ne bouge pas, une autre donne un ver aux petits qui braillent toujours leur faim. Jacques reste immobile au moins trois minutes puis recule et vient serrer Monique dans ses bras. Ils regardent tous les deux ce nid puis repartent bras-dessus bras-dessous. De retour au bord de la fontaine Jacques invite Monique à tremper sa main gauche dans l'eau et de la poser ensuite sur son cœur. Il fait la même chose puis prend la main de Monique et la porte à ses lèvres. Les yeux de Monique s'emplisse de larmes, elle vient se lover dans les bras de Jacques, pose sa tête sur son épaule puis l'embrasse dans le cou…

Les deux jeunes sont de retour dans la village quand les cloches annoncent dix-sept heures. Ils vont s'asseoir sur un banc sous les tilleuls, Jacques se met à califourchon face à Monique, lui prend les mains et la fixe dans les yeux. Des larmes sont prêtes à venir. Monique hésite puis demande

    – Comment sais-tu tout ça sur les animaux de cette forêt ? En plus tu leur as parlé comme à des amis. Tu n'es pas comme les autres.
    – Tu sais. Je suis né ici. Tout petit déjà je me suis promené dans les bois, j'ai lu toutes les histoires de

fées, de Merlin et des Korrigans. Certaines nuits j'ai parcouru les chemins qu'on a fait tout à l'heure. Des oiseaux de nuit m'ont causé.

– Mais tu es devenu un Korrigan ! Tu me fais peur !

– Je n'ai pas de pouvoirs, je ne suis que plein de gentillesse. La seule chose que je sais c'est que notre avenir est ensemble. J'attendrai le temps qu'il faut pour être avec toi !

Monique se lève, fait trois pas en arrière, s'arrête puis revient vers Jacques. Elle lui prend les mains, le fait lever et l'enlace en lui disant :

– Oui j'attendrai aussi. Mais dès demain on retourne dans la forêt voir les merles et leurs petits !

Jacques et Monique entrent dans le bois

Un regard...

Martine s'est réveillée un peu tard ce matin. Huit heures avait sonné depuis longtemps quand elle a ouvert les yeux. Elle s'étire en croisant les bras au-dessus de la tête et agite ses jambes. Elle n'a plus de drap sur elle. Elle se met debout et va jusqu'à la fenêtre et regarde à travers les lames des volets : le soleil darde déjà ses rayons. Dix minutes plus tard, une odeur de café se répand dans la maison. Martine sort de la salle de bains enroulée dans un peignoir de bains rose, ses cheveux mouillés sont roulés dans une serviette. Un bol, un verre, un couteau, une cuillère, une bouteille de jus de fruits, deux viennoiseries : Martine apprécie ce petit déjeuner copieux. Encore sans doute une belle journée. À dix heures, vêtue de son jogging vert à bandes blanches, Martine ouvre sa porte et part en trottinant vers le grand parc municipal en longeant les bords de la rivière. Un quart d'heure plus tard elle fait une pause sur le banc de pierre qui fait face à la fontaine aux douze jets. Des mères passent en poussant un landau ou une poussette. Elle observe ces allers et venues. Sa tête va de gauche à droite, parfois son regard s'arrête sur une personne. Elle ne la connaît pas mais un détail l'attire : la coupe de cheveux, la couleur du pantalon, un chemisier dégrafé, un chapeau, elle note tout dans sa tête. Un nuage gris passe et cache le soleil, cet ombre qui court sur son visage la fait sursauter, elle lève les bras et fait une longue respiration. Elle se lève et rentre chez elle. Avant de mettre la clef dans la serrure, elle regarde la boite aux lettres, elle est vide. Elle attend pourtant un pli urgent.

Depuis son retour à la maison, Martine s'est installée face au chevalet et à la toile qu'elle a commencée il y a une dizaine de jours. Des arbres alignés, un banc de pierre, des femmes : tout est esquissé et ressemble au parc d'où elle revient. L'artiste ne bouge pas d'un millimètre pendant un long moment puis d'un coup attrape une plume de soie et la pose sur le jaune, c'est la couleur d'un polo qu'un petit garçon portait tout à l'heure. Elle change de plume, prend du vert, débute quelques feuilles dans les arbres. Les troncs sont marqués de brun et de noir. Martine pose son matériel, recule et regarde son ouvrage qui avance. Elle sait que dans moins de deux semaines c'est l'accrochage de l'exposition des artistes amateurs de la ville. Il y aura une quinzaine d'artistes de tout niveau dont quatre sculpteurs. C'est sa première exposition. Un air de satisfaction se lit sur son visage, sa toile sera prête. Depuis le haut du clocher les cloches se font entendre et sonnent midi.

Sur le parvis de l'église, les piétons se croisent, chacun se rend dans son bistrot ou restaurant préféré, étoilé ou non, à la pizzeria ou au fast-food. D'autres achète un casse-croûte au boulanger avec un gâteau. Gérard a commandé une bière pression et un croque-monsieur. Il attend le serveur installé à la terrasse. De sa table il voit toute la rue en enfilade. Il regarde autant les piétons que les voitures qui sont obligées de rouler au pas. Il cherche un visage, une chevelure blonde. Il sait qu'il doit être patient. Il a fini de manger et regarde son verre presque vide. Il le prend, le lève devant ses yeux puis d'un geste décidé le porte à ses lèvres et le vide d'une traite. Il croit voir ce qu'il cherche. Il prend sa monnaie dans la coupelle, se met debout et d'un pas décidé il part en tournant le dos à l'église. Un carrefour, la supérette est toujours ouverte, le salon de coiffure est fermé. Gérard tourne la tête de tous les côtés et semble déçu. Il repart et trois minutes plus tard il entre dans le jardin public. Il se dirige droit sur le vieux kiosque qui fait face à la fontaine et s'installe sur un banc. Il attend et se retrouve presque à somnoler. Les cloches qui sonnent treize heures le sortent de sa torpeur. Il se gratte les cheveux, les lisse de la main gauche puis se lève, il a l'air bougon. Il n'a pas vu les cheveux blonds. Il sera triste au travail cet après-midi.

Martine revient devant le chevalet après sa pause repas. Elle termine les arbres du premier plan avec les petits coups de la pointe de la plume revêtue de vert. Elle se recule et semble satisfaite de sa réalisation. Elle reprend ses pinceaux pour terminer le ciel avec quelques nuages gris. Elle n'a pas vu le temps passer et il est plus de dix-huit heures quand elle repart vers le centre ville pour faire quelques achats pour le repas de ce soir et aussi pour les jours qui viennent. Elle traverse le parvis de l'église et entre dans la supérette. Il y a beaucoup de monde dans les rues qui se croise sans se voir, des mamans rentrent chez elles en tenant les enfants par la main. L'animation habituelle du soir. Martine fait un arrêt au boulanger et réfléchit à sa soirée. La décision est rapidement prise, elle porte ses courses à la maison puis revient pour rejoindre le bar du vieux chêne où elle a ses habitudes avec ses copines artistes.

Gérard a fini sa journée et quitte le bureau. Il va d'un pas nonchalant vers le parvis de l'église et y cherche un banc. Il y a une place libre qu'il occupe aussitôt. À peine assis, il regarde sa montre, il lui reste quarante minutes avant le départ de son train pour le retour chez lui. La météo est agréable en cette fin mai et Gérard admire les jeunes dont les tenues sont plus légères. Ce n'est pas ce qui l'intéresse, il cherche une chevelure blonde. Il y a un mois il a croisé une jeune fille aux longs cheveux blonds tombant sur ses épaules. Surtout il y a eu un échange de regards et il voudrait plonger à nouveau dans ces yeux splendides. Les cloches de l'église sonnent à nouveau et Gérard sursaute, il va être obligé de courir pour ne pas louper son train. Il reviendra demain.

Martine ouvre la porte de la salle des fêtes.Elle doit y accrocher ses toiles tout à l'heure. Elle vient voir l'emplacement qui lui est réservé. Elle a terminé hier soir sa dernière œuvre : elle a repris au moins six fois le visage en transparence qui observe depuis le ciel les activités des enfants dans le jardin public. Elle s'était endormie tard, heureuse d'avoir réussi ce qu'elle voulait. C'est une tranche de vie qu'elle a voulu exprimer sur cette toile, c'est aussi la plus grande des sept qu'elle expose. Elle retourne chez elle, elle n'a que dix minutes de marche pour s'y rendre. Elle prend ses toiles et repart vers la salle. C'est une vraie ruche, chaque artiste est accompagné d'au moins un ami ou de sa famille, tous commentant au fur et à mesure de l'installation ce qu'ils voient. Des conseils sont donnés en incitant à changer de place un ou plusieurs tableaux par rapport aux autres . Martine est seule et prend son temps. Elle accroche une toile, se recule, la redresse, la repose plus haut ou plus bas. Elle est enfin satisfaite au bout d'une heure.

Le vernissage aura lieu à partir de dix-huit heures. Martine décide de faire un tour en ville et elle se rend à son bar habituel où elle retrouve une de ses amies, Sandra. Elles parlent toutes les deux de cette exposition et Sandra demande à Martine ses espoirs d'être primée, si ce n'est pas par la municipalité ce sera peut-être avec le prix du public. Martine répond aussitôt qu'elle n'expose que pour le plaisir et aussi pour le souvenir de ses parents décédé dans cet accident de la route il y a seulement quelques mois. Elle invite son amie à venir au vernissage.

Gérard comme d'habitude a pris son repas rapidement à la terrasse de sa brasserie habituelle. Un journal traînait sur la table voisine et il l'a déplié pour voir les nouvelles de la ville. Il tourne les pages et voit un article sur une exposition de peintures et de sculptures dont le vernissage est ce soir. Amateur d'art, il note l'heure et décide de s'y rendre, pour son retour chez lui, il prendra le train suivant. Il lui reste une vingtaine de minutes avant de reprendre le travail, il observe donc tous ceux qui passent à pied ou en voiture pour trouver cette chevelure blonde avec ces yeux si particuliers qui l'obnubilent. Encore rien aujourd'hui. À dix-sept heures trente, il pose le parapheur sur le bureau de la secrétaire en lui souhaitant bonne fin de journée. Il enfile sa veste et part. Il fait une pause à sa brasserie préférée en ayant toujours son regard tournant et inquisiteur sur les passantes. Les cloches qui sonnent dix-huit heures le sortent de sa torpeur. Il règle sa consommation et part vers la salle des fêtes.

Il y a foule pour le vernissage, c'est la première des expositions de l'été, expositions qui sont appréciées des habitants et aussi des amateurs d'art à des kilomètres à la ronde. Après avoir déclamé son discours de circonstance et déclaré l'exposition ouverte, le maire, accompagné des élus du conseil municipal, fait le tour de la salle et s'arrête pour être présenté à chaque artiste qui explique son travail. Gérard s'est avancé au milieu de la salle et regarde de tous les côtés pour trouver une œuvre qui l'attirerait. Trois bustes semblent lui faire un clin d'œil, il s'en approche, se penche, apprécie le travail puis se recule. Il commence alors le tour de la salle. En contournant trois panneaux, il se retrouve à presque bousculer Sandra et Martine qui sont en pleins commentaires sur le dernier tableau de Martine : son allégorie de visage féminin regardant la jeunesse dans le jardin public. Gérard s'immobilise et écoute les deux jeunes femmes. Il découvre le travail de l'artiste, se rapproche des toiles de Martine mais son regard va ailleurs. Il attend un peu sans bouger, fait un pas vers les jeunes femmes et pose une question à Sandra dont il a remarqué les yeux

– Mademoiselle, auriez vous changé de coiffure ? J'ai croisé il y a quelques semaines un regard comme le votre mais sous une belle chevelure blonde. Excusez moi si je me trompe.

– Monsieur, je vous remercie de vos compliments, mais vous vous trompez de personne.

Sandra fait demi-tour, tourne le dos à Gérard et chuchote quelques mots à l'oreille de Martine. Celle-ci sourit, lui fait un clin d'œil et d'un coup de coude l'invite à se diriger vers le buffet. Gérard est resté sur place. Il est désemparé, persuadé d'avoir reconnu les yeux. Il cherche et trouve au coin d'une toile une carte de visite de Martine. Il osera lui demander qui est sa copine aux beaux yeux.

Gérard est retourné plusieurs fois visiter l'exposition. Trois jours avant le décrochage, il se retrouve face à Martine. Il engage la conversation sur son travail, ses sources d'inspiration puis il demande des nouvelles de sa copine aux beaux yeux qu'il avait rencontrée lors du vernissage. Martine le regarde fixement et lui propose un rendez-vous le lendemain midi à son bistrot préféré. Gérard est surpris mais n'a pas le temps de répondre, Martine s'en va d'un pas ferme et décidé. Elle est sortie de la salle avant que Gérard ait fait trois pas.

La secrétaire de Gérard est surprise de le voir arriver au travail avec un élégant costume de toile beige et une chemise assortie. Elle sourit mais ne fait pas de commentaires . Gérard quitte le bureau avant midi et se dirige vers le lieu du rendez-vous, il ne connaît cet établissement que de vue, il n'y est jamais allé. Après quelques hésitations, il s'arrête chez le fleuriste et en ressort avec un bouquet tout simple d'œillets rouges et blancs. À midi cinq, il entre dans le bistrot indiqué par Martine et s'installe à la deuxième table à droite de l'entrée. Il pense voir de là tous ceux qui entrent. Le serveur vient pour prendre la commande mais Gérard lui dit qu'il attend quelqu'un d'un instant à l'autre et lui demande de revenir. Il est midi vingt quand Gérard croit à une apparition : Sandra pousse la porte et elle a ses cheveux longs qui lui tombent sur les épaules et ils sont blonds. Gérard se lève, il tremble, il s'avance mais c'est une déception. Sandra traverse le bistrot et va directement au fond de la salle, le long du bar, tout en conversant avec Martine qui avait refermé la porte derrière elles. Elles semblent ignorer Gérard. Côte à côte debout appuyées sur le comptoir, elles parlent avec le serveur qui jette un regard vers Gérard de temps en temps. Martine et Sandra éclatent de rire. Elles traversent la salle comme si elles allaient ressortir mais s'arrêtent et s'installent à la table de Gérard en regardant le serveur qui fait un clin d'œil en souriant. Comme par hasard il n'y avait plus d'autres places…

Après avoir salué Gérard, Martine lui demande d'un air innocent pour qui sont ces fleurs posée sur la table. Il répond d'une voix tremblante qu'elles sont pour une belle femme qui a osé, peut-être pour lui, remettre ses beaux cheveux en blond.

Une heure plus tard Martine regarde Sandra et Gérard. Elle a un sujet, un modèle, pour sa prochaine toile qui ne sera pas une allégorie sur la disparition mais sur le bonheur de deux êtres qui viendront ensemble l'an prochain au vernissage de l'exposition d'été.

Le dernier tableau de Martine

Jour de fête.

– Salut père Charles, où vas-tu à cette heure ? Il est presque onze heure et d'habitude tu es devant ton rouge chez Gaston !
– Bah ! Y faut ben que j'fasse quèque chose pour demain. J'vas nettoyer autour d'la mare. Ça n'a besoin.
– Mais il n'y a personne qui va y aller demain, c'est de l'autre côté que ça se passe, dans la cour de la ferme de la Détourbe avec les gamins du Plessis.
– Ouais je sais, mais si y en a qui viennent par le chemin de fer, faudra ben qu'y passent par là. Y s'ront capable d'dire au maire que l'champêtre y fout rin. Moi j'veux qu'ce soit biau partout !

À cette réponse François retourne à son atelier de menuiserie. Une commande est à livrer en début d'après-midi chez la châtelaine du Mousset. Il y a une semaine qu'il a commencé la rénovation de ces deux paires de portes qui ferment la grande salle de réception. Il a démonté toute la quincaillerie avant de refaire les montants en chêne et de les vernir puis de faire le remontage. Il a passé hier une deuxième couche de vernis sur les montants neufs et sur toute la surface des portes. Il remonte les serrures et les paumelles, vérifie si tout est bien en place et s'il n'y a pas de manque de vernis. Satisfait, il sort dans la cour et manœuvre son vieux camion Renault pour le garer devant les grandes portes de l'atelier pour pouvoir charger son travail. Il manipule avec précautions chaque élément, le protège avec des couvertures et les fixe solidement.

Gaston finit d'essuyer les verres et les alignent sur les étagères en verre le long du mur. Un coup de torchon sur le comptoir en zinc, les clients ne reviendront que ce soir. Tous sont occupés. Il sait que depuis le début de la semaine ils sont tous à préparer la fête de la moisson, fête attendue dans les villages aux alentours. C'est la cinquième année que les habitants organisent ce grand jour.

Albertine avec Juliette range dans un grand carton les fleurs en papier qu'elles ont fabriquées depuis le lundi de Pâques chaque jeudi en se faisant aider par les petits enfants. Elles leurs ont appris à plier le papier crépon de couleur en mélangeant deux ou trois feuilles différentes et à les entourer d'un fil fin de laiton. Dans d'autres familles le même travail se termine. Louisette déroule sur la table de sa salle à manger le rouleau de papier gris d'emballage et pose dessus des stylos bille par deux ou trois, des petits vases, des bols en matière plastique ou des jouets. Elle coupe le papier, le replie, l'entoure d'une ficelle à trois ou quatre tours puis fait un crochet en fil de fer qu'elle coince dans la ficelle : les lots de la pêche à la ligne sont prêts.

Il n'y a personne dans les rues du village mais beaucoup de bruit dans les granges des fermes. On entend des coups de marteau, des jurons ou des rires. Roger va sous le hangar et sort son tracteur rouge : un vieux Farmall avec les roues avant jumelées serrées l'une contre l'autre, comme si c'était un engin à trois roues. Il traverse la cour et le range le long du mur à côté des grandes portes. Il descend de son engin, va chercher un seau d'eau dans lequel il râpe un peu de savon de Marseille. Il mélange avec un vieux manche à balai. Il ouvre le robinet fixé au mur et arrose son tracteur avec le jet. Il a ramené aussi un balai brosse qu'il prend pour passer l'eau savonneuse et essayer de faire disparaître les traces de terre ou autres saletés. Un rinçage et le tracteur brille. Le Farmall sera beau demain pour tirer le char de la Reine de la moisson. Pendant qu'il sèche, Roger va voir dans sa grange les ados qui doivent avoir fini ce char pour la reine. Ils ont voulu participer en construisant ce char selon leurs idées. C'est comme une grande cage qui a les deux portes ouvertes. Roger les a aidés surtout pour souder les fers d'ossature de la cage. La reine sortira de cette cage à l'arrivée devant l'église. Elle sera cachée derrière son trône et les demoiselles d'honneur. A son entrée, Roger voit le grand Philippe descendre du char avec le pot de peinture rose.

– Bah ! Les jeunes vous avez fait fort, c'est splendide. On croirait le carrosse de Cendrillon. Qu'est-ce qui vous reste à faire ?

– Là, derrière, il y a le trône et les fauteuils des demoiselles d'honneur. On va les installer et les fixer. Faudrait pas qu'ils basculent en cours de route.

– Pour monter, les filles feront comment ?

– Pour le départ, j'ai un escabeau. On les poussera s'il le faut avec la main sous les jupes …

– Attention aux gifles

– Non, on ne craint rien, on les connaît ! Pour les descendre on les prendra dans les bras. Tout ira bien.

– On verra. Bon courage pour finir, moi mon tracteur est prêt.

– Non Roger, il faut le décorer, tu as des fleurs qu'on s'en occupe.

– C'est prévu, je vais les chercher.

Albert, le maire, fait le tour du village, il est dix-sept heures. Il admire les bouleaux plantés le long des maisons où des filles accrochent des fleurs en papier de toutes les couleurs. Il est rassuré, ce sera prêt pour demain. Dans la cour de sa ferme des toiles de tente sont dressées et des tables attendent les jeux qui seront installés demain matin. Les roues des loteries sont sur leurs poteaux et la planche du lapinodrome avec ses trous est posée au fond de son stand. Des tables et des bancs attendent dans la grange pour le bal du soir. Il continue sa promenade et passe devant le porche fleuri de l'église. Il regarde de tous les côtés pour voir son garde champêtre qui est toujours invisible. Sans doute est-il caché ou en train de faire quelque chose d'inutile. Il le voit d'un seul coup arriver en poussant la brouette avec les manches d'outils qui dépassent en travers. Il n'y a rien d'autre dedans. De plus sa démarche est hésitante et pas très rectiligne.

   – Alors Charles, qu'as-tu fait de beau ?
   – M'sieur l'maire, la mare est propre, tu peux t'y baquer !
   – T'aurais pas pu faire autre chose comme aider à monter l'estrade de l'orchestre ?
   – Bah ! j'savons point
   – Dis donc, tu n'as pas dû goûter qu'à l'eau de la mare ! Hein Charles ?
   – Heu… Non

La messe dominicale du père Françis, le curé du village et des autres communes à côté, a été avancée à neuf heures et quart pour que ses ouailles participent à la fête. Les cloches sonnent à toute volée pour l'annoncer et c'est une foule qui entre dans l'église. De son côté Gaston prépare la fête dans son bistrot. Il remonte de la cave une dizaine de caisses de bouteilles de vins qu'il a commandées spécialement pour ce jour. Il espère que tout sera bu! Il a déjà vu deux fois Charles venir reprendre des forces. Il lui a expliqué les deux fois qu'il devra être en tenue de parade pour conduire le cortège cet après-midi. Il est onze heures quand il repart sur son vélo et fait le tour des rues, une inspection de dernière minute. Il s'arrête aussi dans chaque ferme où un char a été construit pour savoir si tout est prêt pour le départ à quatorze heures devant l'église. Son tour se termine chez le maire qui le voit descendre avec difficultés de son vélo.

– Alors Charles, tu as fait ta tournée d'inspection ?
– Ouais m'sieur l'maire. Tout est prêt pour tantôt. Mais j'suis tout las, tout moulu !
– Et toi ? Tu seras prêt ou en train de dormir ?
– Pourquoi donc ?
– Je t'ai vu sortir de chez Gaston et tu as certainement repris des forces à chaque ferme devant les chars !
– Juste une t'ite rincette

– Et combien de fois ? Va récupérer, file chez toi. Tu as une heure pour bien manger et sans boire puis faire un petit somme. J'espère que tu sauras rester bien droit !

Dès treize heures trente, les rues s'animent, chacun sort de chez soi habillé de son plus beau costume du dimanche ou pour certaines jeunes filles dans la robe de la grand-mère avec un fichu blanc bordé de dentelle : « c'est le costume de chez nous, de notre coin de Beauce ! » rétorque une jeune d'une douzaine d'années à un visiteur venu de la ville qui lui demandait ce qu'était ce déguisement. Dans la cour de la ferme d'Albert, le maire, ils sont une trentaine de volontaires à prendre place dans les stands de jeu. On vérifie les roues des loteries, on pose en pyramide les boites de conserve du chamboul'tout, les boules de pétanque sont rangées dans des paniers posés sur la planche du casse-bouteilles, ils retendent les cordes qui limitent le passage vers le stand de tir à la carabine. Chez Gaston, on prépare le panier à peser. On entend les canards et autres volailles crier leur mécontentement d'être enfermés dans des cages grillagées, ils ne savent pas qui les mangera. Un bruit de moteur résonne d'un coup sous le hangar : le Farmall de Roger est attelé sur le char de la reine et fait un essai. D'autres bruits de moteur se font entendre, il y a même un lent « plouf-plouf » d'un vieux société. Le cortège se met en place. En tête ce sont trois tables d'école et un tableau noir. Des garçons et des filles avec un tablier noir préparent des sacs de confettis. Le second est consacré aux moutons : un parc avec quatre claies retient cinq brebis et quatre agneaux, il y a un berger et une bergère pour les surveiller. Les artisans sont représentés sur le troisième, deux établis, une brouette, des briques, des planches et les enfants jouent au menuisier, au maçon, au plombier. Il y a même une jardinière qui a plein de fleurs dans son panier. Avant le char de la reine ce sont les pompiers en tenue de parade de l'autre siècle qui testent leur pompe à bras pour rafraîchir le public. Alors que la foule se rapproche, le père Charles arrive en titubant. Il est en grande tenue d'apparat de garde champêtre avec le képi, les médailles et le tambour. Il siffle trois fois et fait un roulement de tambour : c'est le signal du départ. Les tracteurs se mettent en route en actionnant leur faible klaxon. Pendant un peu plus d'une heure, ils font le tour du village par deux fois. Les bas côtés de la rue sont noirs de monde. Ils sont venus de partout, les prés aux entrées du village sont pleins de voitures automobiles et de vélos. Les jeunes sont en short, les dames portent des chapeaux, les jeunes filles arborent des jupes légères à fleurs et des corsages presque transparents.

L'arrivée du défilé des chars se fait sous les applaudissements des spectateurs qui félicitent la reine ou les figurants du jour. Ils vont ensuite vers les stands de jeux. On entend les gagnants, les bouteilles qui cassent ou un canard qui n'apprécie pas d'être emporté dans la sacoche d'un deux roues. Charles déambule avec de plus en plus de mal. François, le menuisier le croise et l'invite à venir chez Gaston. Des tables sont installées dans la rue. Les deux hommes ont le verre à la main quand une élégante dame arrive lentement. Elle semble découvrir la joie de vivre des gens dans tout le pays. Elle fait un signe à François qui lui répond. Elle vient vers eux, se dirige vers Gaston en demandant le prix des consommations de François et Charles. Elle donne un billet et lui dit de garder la monnaie. Charles ne comprend pas ce geste et interroge François du regard et lui dit

> – Je me demande si autant d'argent fait le bon-
> heur ! Elle ne sourit pas !
> – Charles, elle est riche mais elle est seule dans la
> vie. Elle compense un peu cette solitude et ce
> manque de sentiment par l'argent. Toi tu crois pas
> que tu fais la même chose avec la bouteille.
> – Heu… P'tète ben ! Gaston remet nous ça !

Dans la cour de la ferme, les stands sont toujours pris d'assaut. La buvette fonctionne bien. Albert fait le tour, s'arrête, regarde, parle avec l'un ou l'autre puis va s'installer dans un coin de la buvette. Il y retrouve ses adjoints qui sont aussi satisfaits du succès de la journée en grande partie grâce au soleil.

Dix neuf heures sonnent au clocher et annoncent la fermeture des stands, la plupart n'ayant plus de lots depuis un moment. Le gros du matériel des stands est démonté et rangé dans un coin du hangar. Tout le monde s'installe aux tables de la buvette où un casse-croûte attend ceux qui ont travaillé tout l'après-midi. Ils ont à peine terminé qu'une camionnette de charcutier entre dans la cour. C'est elle que tout le monde attend. Les agriculteurs connaissent bien le charcutier qui vient chez eux pour tuer et préparer le cochon tous les ans. Aujourd'hui il ne vient pas pour ça, il n'est pas seul, Lionel l'accompagne. Les deux hommes descendent leur matériel : batterie, pupitres, accordéon, chaises, panneaux peint avec le nom de l'orchestre. Tout est en place pour le bal populaire. Les deux musiciens passent par la buvette selon la coutume où un bon casse-croûte les attend avant le début du bal. Sur le parquet les jeunes esquissent déjà des pas de danses. Les mères s'assoient sur les bancs et regardent leurs filles.

Trois heures et demie. Le silence tombe sur le village. Les danseurs rentrent chez eux. Quelques jeunes s'éloignent main dans la main, une mère part avec son petit dernier dans les bras. Gaston a fermé son bistrot. Albert trinque avec les musiciens et une dizaine d'habitants. Ils ont tous le sourire, c'était une belle journée.

C'était quelque part dans notre région il y a une soixantaine d'années.

Que reste-t-il de ces belles journées de plaisir et d'entente entre tous ?

Le char de la reine sera prêt pour la fête,
il reste encore la semaine pour le finir.

Trois roues de bonheur

Bernadette et Jean-Louis ont longtemps parlé du résultat de cette consultation chez le gynécologue. Ce jour là, le spécialiste a regardé attentivement la dernière échographie et les résultats des autres examens.

– Je suis inquiet pour vous. Vous avez une grave décision à prendre. Votre enfant viendra au monde avec un handicap, celui de la trisomie 21. Connaissez-vous cette maladie, cette anomalie ?

Bernadette avait pris la main de Jean-Louis et l'avait serrée à lui faire mal. Elle l'avait regardé dans les yeux, fait un mouvement de tête puis s'était retournée vers le médecin

– Nous voulons un enfant, il est là et il sera comme il sera. J'ai décidé

Jean-Louis l'avait prise dans ses bras et en lui caressant les cheveux et le visage, l'avait lentement calmée. Le gynécologue les avait regardé sans rien dire. Il s'était levé, fait le tour de son bureau et posé sa main sur l'épaule de Bernadette

– Vous êtes courageuse et vous aussi Jean-Louis. Je vous aiderais du mieux que je le pourrais. Ne vous inquiétez pas pour la grossesse, tous les signes que j'ai aujourd'hui sont très favorables. Vous pouvez m'appeler quand vous voulez.

C'était il y a trois ans. Ce jour est toujours marqué pour les jeunes parents. Leur amour de jeunesse, ils s'étaient rencontrés à l'âge de quinze ans, s'était confirmé par ce plaisir d'avoir un enfant. Souvent Bernadette vient se réfugier dans les bras de Jean-Louis qui reste muet et immobile. Au bout d'une ou deux minutes, il essuie les larmes d'un baiser sur les joues de son épouse et la rassure en l'étreignant plus fort. Un bruit dans la chambre leur fait tourner la tête, ils écoutent, se regardent, sourient puis vont voir ce que leur petit Jean a pu faire. Il a fait tomber son lapin en peluche qu'il avait posé sur le dos du cheval à bascule. Il éclate de rire en voyant ses parents et bredouille quelques mots incompréhensibles, c'est son vocabulaire. Ses yeux en amande sont plissés, il est heureux. Son visage poupin bien rond montre sa joie de vivre. Ses parents lui font une bise et repartent à la cuisine et au salon. Bernadette prépare le repas du soir et

Jean-Louis passe dans son bureau pour ranger les devis qu'il va porter demain à ses clients. Bernadette rejoint son mari avant de mettre la table et d'appeler Jean.

– Demain c'est le jour des inscriptions à l'école maternelle. Je vais y aller pour Jean, il faut penser à son avenir, il ne peut pas rester toujours avec nous. Il doit voir du monde et d'autres enfants. À chaque fois que nous sommes allés au parc, il a joué avec d'autres petits garçons. Mais pas avec des filles.

Jean-Louis ne répond pas tout de suite, il semble réfléchir. Il se passe la main dans les cheveux

– Tu as raison, ce sera très bien qu'il y aille. J'espère que ça ira bien et qu'il ne fera pas de problèmes.
– Non mon chéri. J'ai confiance. Bon je mets la table et je vais le chercher dans sa chambre.

Pendant le repas, Jean-louis, sans réfléchir parle de la rentrée au début septembre après les vacances. Jean pose sa fourchette sur son assiette et écoute avec attention. D'un seul coup,il interrompt sa mère en répétant des « Quoi c'est ? » Bernadette essaye de lui expliquer que c'est pour devenir grand comme elle et papa. Jean n'a évidemment pas compris ce que ces mots école et rentrée voulait dire. Il reprend son air bougon et vide son assiette. Il a à peine terminé qu'il se lève sans demander à ses parents, fait trois fois le tour de la table puis part en courant vers sa chambre.

Le sapin est dressé dans l'angle de la salle de la classe de maternelle. Des boules de toutes les couleurs sont accrochées entre les guirlandes et des paquets enrubannés sont posés dans les branches. La maîtresse et les assistantes font jouer les enfants et chantent avec eux « Vive le vent » et « Petit papa Noël » Elles leur demandent ensuite de ne pas faire de bruit parce que quelqu'un allait venir. Dans la minute qui suit, un personnage tout de rouge vêtu avec un bonnet sur la tête et une longue barbe blanche entre dans la classe en poussant un chariot plein de cadeaux. Le Père Noël appelle les enfants un par un pour leur offrir leur petit paquet ficelé avec des rubans de couleur. Jean ne bouge pas quand il est appelé à son tour, la maîtresse le prend par la main et le guide. Il se débat un peu et crie avant de pleurer. Néanmoins le Père Noël lui tend son présent, un des plus gros de la classe. Jean ne sait plus quoi faire. La maîtresse le raccompagne à sa place et pose le volumineux paquet sur sa table. Tous les enfants déballent leurs cadeaux et ce ne sont que des cris de joie de toutes parts. Jean n'a pas touché le sien. La maîtresse vient à côté de lui, lui prend les mains, les posent sur le paquet et lui fait arracher les rubans et le papier décoré. Jean se fâche, se retourne, crie fort puis pleure. Trois ou quatre de ses camarades viennent l'entourer en essayant de le calmer. Ils savent que Jean n'est pas tout à fait comme eux et décident d'ouvrir son cadeau pour lui montrer ce que c'est. Ils sont surpris et applaudissent en posant à côté de lui un petit vélo à trois roues. En le voyant Jean arrête ses larmes et éclate de rire. Il pousse son petit vélo puis avance en faisant le tour de la classe en riant. Ce cadeau n'a pas été fait par l'école mais par Jean-Louis et Bernadette qui avaient rencontré les enseignantes pour que ce soit un vélo que le Père Noël apporte.

Les grandes vacances commencent dans une semaine. Jean doit quitter la maternelle pour la grande école. La directrice a convoqué Bernadette et Jean-Louis. Ils se doutent, et redoutent, ce qui va leur être dit.

Jean fait la rentrée dans une école adaptée pour lui. IME, ces trois lettres étaient une crainte pour ses parents. Ils ont du se plier à ce qu'on leur a imposé. Les explications sur le fonctionnement et les bienfaits de l'établissement sur l'avenir de Jean les ont quand même rassurés. Les premières semaines de Jean ont été difficiles, l'école recevant des enfants jusqu'à l'âge de quinze ans, et certains étant plus ou moins violents. Quelques éducateurs ont pris Jean sous leurs ailes : c'est le plus jeune et le plus fragile. Au bout de quelques semaines Jean est rassuré et apprend à suivre la discipline, à sa façon… Il découvre le dessin et l'apprentissage de la lecture qu'il n'avait pas acquis à la maternelle. À la fin du premier trimestre il réussit à lire les voyelles, mais seulement quand elles sont écrites en majuscule. Alain, responsable des plus petits, invite Bernadette et Jean-Louis à participer au spectacle de Noël. Il leur demande de se déguiser en mouton et en loup pour conter la fable de Jean de La Fontaine. Ils acceptent avec joie. Le jour du spectacle, Jean ne sais pas que ses parents sont là. Leur passage fait rire la plupart des jeunes et des parents qui sont venus soutenir l'IME. Jean-Louis et Bernadette remarquent que leur fils est resté dans son coin un peu prostré, triste. Inquiets, ils se dépêchent de se changer et rejoignent leur fils. D'un coup son sourire si particulier illumine aussitôt son visage. Il leur tend les bras et se réfugie sur les genoux de sa mère.

Au milieu de cette première année d'école dans cet établissement Jean est troublé. Il a remarqué que sa mère avait le ventre qui grossissait. Il ne comprend pas ce qui se passe surtout quand sa maman lui a dit qu'il aurait un petit frère ou une petite sœur. Odile est née la semaine qui a suivi Pâques.

Jean fait des progrès à l'école : il dessine de mieux en mieux et désormais il sait lire, mais il s'arrête au bout d'une dizaine de lignes. Les éducateurs sont contents de lui, il est calme pendant les heures de classe, il n'est plus le perturbateur qu'il était il y a encore trois ans. À la maison il aime prendre dans ses bras sa petite sœur et l'embrasser. Son arrivée ne l'a pas trop perturbé mais quelques fois, ses gestes mal maîtrisés lui ont fait faire mal à Odile. Ses parents lui ont fait des remontrances. En cette fin juillet Jean-Louis sort son vélo pour faire une balade. Jean fait une mauvaise tête et pleure. Il va dans sa chambre et ressort avec le petit vélo qu'il avait eu à Noël à la maternelle. Il le pose devant le vélo de son père et attend. Jean-Louis regarde son fils et lui fait signe de démarrer. Jean tente de monter sur son petit vélo mais ses genoux touchent le guidon. Il décide de laisser traîner ses pieds en arrière et avance en poussant comme sur une trottinette. Il rie aux éclats en suivant son père qui fait seulement le tour du pâté de maisons.

À la fin de l'hiver l'IME organise un cross dans les chemins autour de l'établissement. Bernadette et Jean-Louis sont venus voir courir Jean. Il n'a pas gagné ni fini dernier mais il a son large sourire en voyant ses parents l'attendre après la ligne d'arrivée.

La semaine suivante Bernadette et Jean-Louis demandent un rendez-vous avec l'équipe d'éducateurs pour parler de l'avenir de Jean. Alain en compagnie de deux collègues a longuement expliqué que Jean pourrait d'ici deux ou trois ans travailler dans un atelier spécialisé comme il en existe deux dans la ville. Ils font travailler des handicapés selon leurs possibilités tant physiques qu'intellectuelles.

– Le seul frein pour cet avenir est de se rendre au travail. Jean pourra-t-il y aller seul, pourrez vous l'accompagner ou doit-on déjà envisager son hébergement dans les foyers réservés pour eux ? Ils sont juste à côté de chaque atelier.
– Nous avons le temps de réfléchir. Nous n'habitons pas trop loin. Il pourrait y aller en vélo, les rues sont assez calmes dans le quartier.
– Effectivement on a encore du temps. Tenez nous au courant à Noël prochain, ce sera le bon moment.
– D'accord on étudie tout ça.

Ce sont les vacances d'été. Bernadette regarde Jean qui joue dans le jardin. Elle a vérifié que le portail vers la rue est bien fermé. Jean est sur son petit vélo. Il avance comme il peut en poussant avec les pieds au sol. Ses genoux cognent dans le guidon. Le soir, alors que Jean est parti dans sa chambre, Bernadette parle à Jean-Louis de ce problème de vélo qui est le seul plaisir de leur fils à l'extérieur. Il y a aussi le futur aller et retour à l'atelier adapté. Jean-Louis comprend Bernadette et lui promet dans les jours qui viennent de résoudre ce problème. Il la rassure sur le trajet pour aller travailler, il faudra lui apprendre à rouler en ville en respectant la piste cyclable.

Bernadette sait que son fils les écoute et qu'il ne fait pas n'importe quoi.

Il reste encore une dizaine de jours de vacances, Jean-Louis est chez son marchand de vélo. Il explique ce qu'il cherche pour son fils.

– Je n'ai que des tricycles pour enfants, mais les modèles adultes existent. Venez voir ici, ce catalogue. Il y a ce que vous avez besoin.
– Sans doute un comme ça ou celui-ci ? Vous savez mieux que moi ce que vous vendez.
– Pouvez vous prendre la taille de votre fils et sa longueur de jambes ?
– Oui, même tout à l'heure. Et je vous les téléphone.
– Oui. Et moi je fais venir ces deux modèles pour qu'il essaye. Il faut attendre quatre jours, revenez lundi après-midi.
– À tout à l'heure au téléphone et à lundi avec mon fils.

– Bonjour monsieur, Jean dis bonjour
– Bonjour monsieur vélo.
– Bonjour. J'ai reçu votre demande ce matin. Venez dans l'atelier.

Jean-Louis prend Jean par la main et le guide à suivre le marchand de cycles. Ils arrivent dans l'atelier et découvrent deux vélos rouges avec trois roues. Le marchand explique que le guidon et la selle sont au minimum en taille et que Jean pourra grandir sans problèmes. Jean regarde avec des grands yeux les deux vélos, approche, tourne autour, pose la main pour prendre le guidon, examine les pédales et les porte-bagages. Jean revient pour la troisième fois auprès de celui qui a un grand porte bagage sous la selle entre les deux roues. Le marchand de cycles lui propose de s'asseoir et d'essayer d'avancer. Jean tremble mais accepte de s'installer. À peine est-il assis qu'il crie de joie. Son père s'approche et lui pose les pieds sur les pédales et lui explique comment appuyer pour avancer. Le vélo fait un mètre en avant. Jean lève les bras et applaudit. Jean-Louis s'entretient avec le marchand et dix minutes plus tard le vélo de Jean est dans la voiture. Le retour à la maison est bruyant : Jean crie son bonheur d'avoir un vélo avec lequel il avance sans tomber. Ses parents lui apprendront la prudence et il ira travailler en trois roues.

La grotte cachée

Claude a posé ses pinceaux et ses rouleaux dans le seau d'eau pour qu'ils restent à tremper jusqu'à lundi. Il continuera son chantier dans cette maison non loin du château, dans cette petite rue en pente d'où on voit le donjon. Il regarde sa montre, dix-huit heures et quinze minutes. Il a largement le temps de rentrer chez lui et de se changer pour le rendez-vous avec les copains. Un coup de balai dans le chantier, les restes de papiers peints et la poussière du ponçage sont ramassés et mis dans un sac poubelle en plastique noir. Claude change de tenue, dépose sa veste et son pantalon de toile blanche largement tachés de toutes les couleurs de peintures. Il regagne sa vieille Renault des années soixante et part chez lui.

À dix-neuf heures quarante cinq, Claude n'est pas en retard au rendez-vous : sa voiture s'arrête sur le parking de la zone commerciale à côté de celles de ses amis. Ils sont six ce soir à se regrouper pour manger dans cet établissement de restauration rapide. Il entre. Il est le dernier du groupe à arriver. Son regard fait le tour de la salle et repère la table des copains qui l'attendent. Ils sont au fond, leur emplacement favori. Il prend place et passe sa commande. Pendant une heure, les conversations vont de la météo aux résultats sportifs ou au dernier film de guerre sorti sur les écrans. Par moment Claude tourne la tête pour voir si parmi les clientes il y aurait de nouvelles jeunes filles qu'il ne connaîtrait pas. Il veut en permanence mettre en avant son aura de dragueur ce qui lui vaut les sarcasmes de ses amis. Alors que le groupe vient d'être servi de ses cafés, trois jeunes filles, dont deux en jogging, s'installent près de la porte avec leurs plateaux. Elles n'arrêtent pas de rire ce qui attire l'attention de Claude. Les cafés sont bus et les idées de sorties pour le lendemain sont discutées. Le choix se porte définitivement sur le concert des rockeurs dans la ville voisine à une trentaine de kilomètres puis ensuite éventuellement une sortie en boite. Claude n'est pas trop chaud pour ce programme en poussant un ouf ou plutôt un bof !

Un quart d'heure plus tard, il est seul, ses amis sont partis en lui donnant rendez-vous pour le lendemain soir. Claude s'invite à la table des filles en leur proposant de leur offrir le café. Elles l'acceptent. Claude revient à leur table avec le plateau et les tasses et engage la conversation. Les deux blondes écoutent le dragueur déballer ses sornettes pour les attirer dans ses filets. La troisième, une splendide rousse vêtue quant à elle d'un ensemble de cuir noir avec quelques décors cloutés fixe Claude et lui sourit. Vingt minutes plus tard les deux blondes prennent congé et laissent Claude en tête à tête avec la rousse. Un deuxième café est consommé avant qu'ils se lèvent et rejoignent la vielle Renault.

Claude arrête la voiture devant chez lui. Il réside dans cette maison basse de l'autre côté du Loir au pied de l'église Saint Jean. Ils descendent et Claude invite la belle rousse à découvrir le petit chemin qui longe un bras de la rivière et traverse les jardins. Subjugué par la beauté de la jeune fille, Claude se perd en paroles et en compliments. Elle ne parle presque pas. Un sourire, un geste, un frôlement de mains, elle est douée pour camoufler son objectif. Après moins d'un kilomètre de marche, elle prend la main de Claude, se colle à lui puis propose de revenir tranquillement et qu'elle accepterait un verre en amoureux. Claude la prévient que son petit logement n'est qu'un repaire de célibataire et que la poussière y est un peu présente. Il ouvre la porte et invite la jolie rousse à entrer et à s'installer à la table en bois sur une chaise paillée face à la gazinière. Il prend deux verres propres dans le placard, les pose et sort deux canettes de bière du frigo. Il s'assoit en face d'elle et lui demande son prénom. Surprise de cette question, elle lui répond qu'elle lui a donné tout à l'heure dans le petit chemin mais lui redonne quand même : Nelly. Pour la remercier Claude se lève et fait le tour de la table et s'approche dans son dos. Il pose délicatement ses mains sur ses épaules puis caresse son cou, lui prend le menton et l'embrasse avec douceur. Nelly se lève et entoure de ses bras le corps de Claude. Les baisers se font plus fougueux et ils quittent la cuisine pour la chambre.

Vingt trois heures quinze, le couple sort de la maison en se tenant par la main. Ils se dirigent à pied vers l'imposant château de Jehan de Dunois qui domine la vallée. À cette heure, les projecteurs le rendent encore plus inquiétant avec ses hauts murs aveugles et ses quelques meurtrières. Ils suivent le trottoir en pavé. Une maison avec des murs décrépis précède un portail en bois à moitié cassé. Nelly propose à Claude d'entrer en passant à travers les barreaux du portail. Nelly est déjà de l'autre côté, Claude hésite puis passe en se tortillant. Nelly semble connaître les lieux et va directement vers la falaise au fond de la cour derrière la maison. L'éclairage de la rue ne vient pas jusque là et dans le noir Nelly entraîne Claude en le tenant par la main. Elle le force à franchir un rideau de végétation qui tombe de la falaise et qui cache l'entrée d'une grotte. Claude qui passe régulièrement dans cette rue est surpris et il sent la peur l'envahir. Nelly tend le bras vers la paroi humide et appuie sur un interrupteur, un cheminement éclairé apparaît, il mène vers le fond de la grotte. Claude reste pétrifié de voir ces entrailles de la ville qu'il habite depuis toujours. Nelly de son côté a un léger sourire, elle est sûre maintenant d'avoir Claude à sa merci. Elle lui prend la main et l'entraîne vers les profondeurs.

Ils marchent plusieurs minutes sous les roches, quelques fois courbés en deux le plafond s'abaissant. Une centaine de mètres plus loin, d'un coup, Claude s'immobilise en serrant fort la main de Nelly. Une grotte immense avec des lampes de couleurs est face à eux. Au milieu de cet espace, des rochers forment une scène sur la quelle est installé un immense lit à baldaquin. Claude croit voir la chambre d'un maharadjah. Une trentaine de colonnes entourent ce lit. Elles sont toutes coiffées d'un vase où danse une mèche allumée. Nelly s'écarte de quelques pas et interrompt la lumière. Il ne reste que les flammes des colonnes pour donner une clarté douce à ce lieu. Claude n'a pas bougé d'un millimètre. Lentement il tourne la tête pour voir de tous côtés ce qui peut être caché ou donner un indice de vie. De plus en plus inquiet, il se rapproche de Nelly et lui demande quel est cet endroit si mystérieux dont il n'aurait jamais deviné l'existence. Nelly recule de trois pas et l'invite à la suivre. Il hésite puis avance vers elle. Elle se retourne puis se dirige vers le centre de la grotte et escalade les rochers qui forment la scène. Claude arrive à son tour à côté du lit immense qui doit faire quatre mètres de longueur et trois de large. Nelly va jusqu'à la tête du lit et appuie sur un bouton de nacre. Une musique douce envahi l'espace.

Claude est de plus en plus perturbé et inquiet. Un bruit de grincement lui fait tourner la tête. Il voit avancer deux femmes blondes vêtues seulement d'un long voile de dentelle transparente portant chacune un plateau avec des boissons et des fruits. Un bruissement de tissu et un souffle d'air viennent d'un autre côté. La peur de Claude devient presque panique. Il se rapproche de Nelly, s'agrippe à son bras gauche en lui demandant ce que cela signifie. Elle le regarde droit dans les yeux et lui annonce doucement :

– Tu es un grand dragueur qui ne pense qu'à lui. Les femmes ne sont que des joujoux pour toi. Eh bien ici, mes amies vont me rejoindre et tu seras leur jouet ! Je viens d'une contrée lointaine où nous sommes heureuses sans hommes comme toi. Ils nous obéissent sans qu'il y ait de violence d'un côté ou de l'autre. Ne t'inquiètes pas, nous se sommes pas comme les mantes religieuses qui dévorent ceux qui les ont satisfaites. Allez ! Avance sur le lit !

Six heures quarante. L'eau coule aux écluses du moulin. Deux pêcheurs installent leurs lignes sans oublier de positionner à portée de main la glacière bien remplie de provisions. Un moment plus tard, derrière eux un bruit de pas se fait entendre, il est bizarre, ça les intrigue. C'est comme les pas d'une personne handicapée qui a du mal à marcher. Ils se retournent sans se lever et aperçoivent un jeune homme les cheveux ébouriffés, le visage pâle et pas rasé qui avance l'air hagard. Sa veste et sa chemise ne sont pas boutonnées et pendent par dessus le pantalon. Les pêcheurs pensent en le voyant que c'est un fêtard qui n'a pas tout cuvé. C'est Claude qui reprend ses esprits et rentre chez lui. Il se tâte partout et cherche dans ses poches, il sent les clefs de la maison dans une poche arrière puis en continuant c'est son portefeuille qu'il trouve dans la veste. Il le sort et regarde son contenu : rien ne manque, même les deux billets de vingt euros sont toujours là. Il se passe la main sur le front, il a l'impression qu'en permanence un train lui traverse le crâne. Sept heures sonnent au clocher quand il met la clef dans la serrure. Il se fait chauffer un reste de café et fait fondre un cachet d'aspirine. Cinq minutes plus tard il est allongé sur son lit et s'endort en ronflant comme un sonneur.

Dix-sept heures, le téléphone sonne dans la cuisine. Il sonne huit ou dix fois avant que Claude arrive pour décrocher. C'est un copain de la bande qui lui demande sa décision pour ce soir. D'une voix pâteuse, il répond un oui pour manger mais un non pour sortir en boite et qu'il a quelque chose à leur dire.

Vingt heures, le groupe des six est au complet à sa place habituelle au fond de la salle. Chacun est arrivé avec son plateau bien garni de son menu et de sa boisson. Claude n'a pris qu'une salade et une boisson gazeuse sans alcool. Ses copains sont inquiets et lui demandent quelle maladie il couve ou s'il a conclu avec la belle rousse et qu'il a du mal à s'en remettre. Le front plissé, il fait la moue tout en mangeant lentement sa salade. Il attend que tout le monde ait terminé pour se décider. Il va chercher un café pour tous. Il les regarde l'un après l'autre, se tourne les doigts, les mêle, les écarte. Il se passe la main dans les cheveux. Ses copains le voient hésitant et deviennent impatients. Le grand brun se décide à lui demander de cracher le morceau, de raconter ce qu'il a fait avec la rousse, si son corps est aussi beau que ses cheveux… Claude se lance et raconte tout depuis la balade au milieu des jardins, la bière dans la cuisine et le passage dans la chambre puis le départ dans la rue située en contrebas du château. Les commentaires vont bon train. Comme ils demandent tous ensemble « Et après ? » Claude se bloque. Il a le visage qui se déforme. Il ne sait pas comment décrire ce qui s'est passé ensuite dans la grotte et le grand lit. D'un coup il a les larmes qui lui viennent et qui coulent sur les joues. Ses copains comprennent qu'il a certainement vu ou subi quelque chose d'incroyable et ils restent tous silencieux, comme respectueux d'une douleur que Claude ne peut pas exprimer. D'un seul coup il se lance et raconte d'une voix saccadée la maison, le passage sous le rocher, la grotte, le lit, la musique. Ça n'a duré que quelque dizaines de secondes. Claude se ferme comme une huître et ne bouge plus. Pas un seul de ses copains ne bouge ou ne parle. Ils sont effarés de ce qu'ils ont entendu. Ils sont deux à se lever et viennent entourer Claude de leurs bras. Il pleure maintenant à chaudes larmes. Des clients des tables voisines tournent la tête pensant qu'un malheur se dévoile à côté d'eux. Après des mots d'encouragement, Claude reprend sa narration de ce qu'il a fait et subi au cours de cette nuit jusqu'au petit matin. Il remercie même celui qui l'a appelé au téléphone, sinon il dormirait encore. Il leur demande aussi s'ils avaient vu ou aperçu aujourd'hui les trois filles d'hier soir, la rousse et les deux blondes. La réponse est négative ni ici ni ailleurs dans la ville. Le plus âgé du groupe propose d'aller voir tous ensemble cette maison et cette grotte, miraculeuse en quelque sorte. Claude répond qu'il préfère le lendemain après midi après le repas ou le réveil tardif de ceux qui vont sortir en boite.

> – Je ne me sens pas en forme, j'ai encore besoin de repos. Je rentre chez moi. De plus, prendre de la musique plein les oreilles le lendemain d'une nuit blanche me rendrait fou. J'ai besoin de calme pour réfléchir.

Dimanche matin à onze heures, Claude passe à la boulangerie pour acheter sa baguette, il a pris en même temps une grande tarte aux pommes pour partager avec les copains dans l'après-midi. Il mange rapidement puis s'installe devant la télévision. Une sieste l'emporte sans le prévenir. Des coups portés à la porte le réveille, ses copains n'ont pas oublié le rendez-vous. Ils entrent en chahutant et parlent de la soirée en boite. Pendant que Claude passe par la salle d'eau pour se passer de l'eau sur le visage pour se réveiller de sa balade chez Morphée. Un coup de peigne et il annonce que c'est le départ . Il prend sur la table une pile électrique et ferme la porte derrière les copains qui sont bruyants dans la rue. Ils arrivent sur les ponts qui franchissent le Loir et admirent le château. Les conversations sont animées puis dans la rue qui passe sous le château, les interrogations commencent. Claude est devant et répond négativement à chaque fois qu'il entend « C'est celle-là ? » Puis il ne répond plus et avance en ayant ralenti le pas. Il s'arrête brusquement se faisant pousser par celui qui le suivait.

– C'est ici, je reconnais la maison avec ses trois volets bleus et rouges et les deux marches qui dépassent devant la porte.

Claude avance de quelques pas en regardant partout avec attention. Arrivé devant le portail juste après la maison, il pousse un grand Oooh ! Ses copains lui demandent pour quoi un tel cri et qu'est ce qui lui a fait peur.

– Ce n'est pas le portail de l'autre soir. Il était en bois avec des lames cassées ? Celui là est en fer! Je continue plus loin voir si il y un portail comme je me rappelle.

Le groupe reprend sa marche. Claude doit se rendre à l'évidence, aucune maison n'a de portail en bois. Il revient devant la maison qu'il a cru reconnaître. Il tend le cou pour voir dans le fond de la cour. Il reste quelques secondes sans bouger et appelle ses copains. Il leur montre le rideau de verdure derrière les bancs et la petite pergola

– C'est là qu'il y a l'entrée de la grotte !

Le manège du groupe est observé depuis plusieurs minutes par le couple de personnes âgées qui habite en face. Le rideau bouge sans arrêt derrière la fenêtre.Un du groupe le remarque et traverse la rue. Il frappe à leur porte. C'est la grand-mère qui vient entr'ouvrir en demandant ce qu'ils cherchent dans cette maison.

– Notre ami y est venu l'autre soir, mais il ne reconnaît rien. Il dit que le portail était en bois. Savez vous si quelqu'un y est venu récemment ?

– On n'a rien vu depuis des années dans cette vieille maison. Elle est plus ou moins hantée. Des soirs on entend des bruits étranges même avec de la musique. Ça sort de la falaise.

– Vous rappelez vous quand vous avez entendu quelque chose pour la dernière fois ?

– Je ne sais plus, mais c'était il y a pas très long-temps.

– Merci madame.

Le groupe se resserre et écoute ce qu'on dit les voisins. La discussion s'oriente sur ce que peut être une maison hantée. La décision de revenir chez Claude est prise rapidement. Le retour se fait presque dans le silen-ce. Dans le petit logement chacun réussit à se trouver une place assise. Claude arrive avec la tarte aux pommes et la coupe en parts, il retourne jusqu'au frigo pour prendre la bouteille de cidre qu'il avait mise au frais. Chacun mange sa part, vide en partie son verre dans le silence. Ils se re-gardent. D'un coup tous veulent parler en même temps puis le silence revient. Une voix pose une question.

– Claude n'aurais-tu pas rencontré une vengeresse qui t'a puni . Ou alors c'est une fée ou une sorcière qui est venue depuis les anciens temps ? Cette belle rousse t'a certainement envoûté ! Aurais-tu rencontré une fille rousse, une belle rousse dans ta jeunesse avec qui tu aurais eu un problème ?

– Peut-être à l'école primaire mais c'est lointain. Elle avait plein de boutons partout et des tâches de rousseur.

– Et que c'est-il passé ?

– Comme elle ne voulait pas que je lui fasse un bisou un soir sans lune, je l'avais poussée et jetée dans la mare. J'avais pas plus de dix ans !

– Tu as subi la vengeance d'une nuit sans lune par une nuit blanche de débauche, la débauche comme ta façon de vivre en ce moment !

– Ce sera une leçon que je n'oublierai pas

– Ou alors, avec elle tu as consommé quelque chose et tu ne t'en rappelles pas !

– Heu je ne sais plus, j'ai un trou. C'est sûr, maintenant je vais voir la vie autrement !

Est-ce bien là qu'il y avait l'entrée de la grotte ?

Pas de chance

Depuis trois jours, Charles et Georges regardent chaque matin le soleil se lever derrière les grands arbres de ce coin de la forêt de Guerlande. Ils se sont réfugiés dans cette cabane qui a servi longtemps aux bûcherons. L'exploitation des grands chênes est terminée. Les branches ont été coupées, débitées et stérées. Ils ont également fait les bourrées pour le petit bois. Le camion du bougnat a fait sept ou huit voyages pour emporter le tout. Les grands troncs ébranchés restent à sécher sur le flanc de la colline. Ils sont réservés pour le pays charentais, pays du cognac qui ne peut vieillir que dans des fûts de chêne dont les douelles viennent de ce coin de France. Charles soulève la maigre paillasse sur laquelle il dort depuis leur arrivée. Georges reste à la porte. Il ne bouge pas. D'un coup il se retourne et demande à son compère

– Il reste quoi à manger ?

– Une demi-baguette et une boite de pâté. Sur la table il y a aussi quatre pommes.

– Faudra voir demain !

– Ouais.

– Tu crois qu'on va pouvoir rester longtemps ici ? Je commence à traîner une drôle d'odeur. Je voudrais bien me décrasser et me raser. Ça me gratte partout.

– Moi aussi. On verra demain ce qu'on fera. On ne doit pas se faire voir.

– Le sac on le coupe en deux maintenant ou quoi ?

– Ce soir avant de dormir, chacun aura son écot.

– D'accord. Passe moi la bouteille de rouge, j'ai soif !

– Doucement, c'est l'avant dernière.

– Ouais.

Pendant la journée, Charles et Georges ont exploré le bois un peu plus loin. Ils se sont rapprochés de l'orée vers le haut de la colline. Jusqu'au sommet ce ne sont que des prairies où paît un troupeau de moutons. Ils sont en liberté, le berger ne revient que le soir. Charles décide de monter seul jusqu'en haut pour voir les environs. Dans la vallée à l'est, il reconnaît le clocher de l'église et les mai-sons aux toits de tuiles rouges. Il sait qu'ils ne peuvent pas repartir de ce côté. Il continue vers le sommet, traverse une zone de pierres qui roulent sous ses pas. Il avance lentement. D'un coup la vue est dégagée vers le sud. Une longue étendue de champs et de buissons s'étale jusqu'aux collines au loin. Une longue ligne droite sombre marque presque le milieu, Charles met la main au-dessus de ses yeux et fixe cette ligne. Il a un sourire quelques instants après : c'est une voie de chemin de fer. À l'horizon, au pied des collines il devine des maisons, sans doute un village. Ils iront demain. À son retour dans la cabane, il explique son projet à Georges qui est d'accord en lui rappelant son besoin de se laver.

La nuit est calme pour les deux hommes, juste troublée par les hululements de chouettes ou autres oiseaux nocturnes. D'autres bruits les réveillent vers trois heures : on déplace du bois, on gratte, on grogne. Georges demande à voix basse à Charles qui peut bien faire ça ?

    – Trouillard. Tu ne connais pas la nature, c'est
    sans   doute un sanglier qui cherche sa nourri-
    ture. Dors, il ne va pas rentrer ici.

Charles a secoué Georges un peu avant que le soleil ne se montre. Ils ont dormi habillés comme depuis plusieurs jours. Chacun récupère son sac de toile avec sa part de butin. Tout est enveloppé dans des journaux. Charles a fait le partage hier soir avant de s'endormir. Il a été fait en deux moitiés égales pour le nombre mais pas la qualité, il est le chef et il a pensé à lui…

Avant le lever du jour c'est le départ. Une demi-heure plus tard ils rejoignent la ligne de chemin de fer.

De l'herbe pousse entre les traverses mais les rails sont brillants, des trains doivent y passer régulièrement. Des buissons forment presque une haie continue de chaque côté, cela les camoufle depuis la route qui longe la voie à quelques dizaines de mètres. Une heure de marche et Charles et Georges aperçoivent des constructions un peu à l'écart de la voie derrière de grands arbres. Un embranchement s'y dirige. Ils ralentissent le pas, s'arrêtent et écoutent. Pas un bruit, Charles avance et tend le cou, il observe pendant bientôt une minute et d'un geste de la main invite Georges à la suivre. Ils se mettent à courir et entrent en trombe dans le premier bâtiment à droite. Il n'y a rien dedans sauf quelques vieilles caisses à moitié brisées, les toiles d'araignée pendent un peu partout. Charles avance et ouvre une porte dans le mur du fond. Il émet un siffle-ment d'admiration qui fait venir Georges qui demande à voix basse

     – Tu as vu quoi ?
     – Approche et regarde. Il y a un lavabo. Attend, j'essaie le robinet. Ouuiii ! Il y a de l'eau et là il y a du savon !
     – Hourra ! Je me déshabille et j'attaque !

En moins de deux minutes ils sont tous les deux en tenue d'Adam et se lavent comme ils peuvent en vidant le distributeur de savon liquide pour les mains. Ils chantonnent. Pour se rincer, ils utilisent la méthode rustique : on se vide mutuellement un seau d'au sur la tête… Dans leurs sacs, ils cherchent et trouvent un pantalon et une chemise, pas propre certes mais sans la crasse et l'odeur de fauve de ceux qu'ils ont retirés. Ils les entassent derrière une caisse dans un angle du bâtiment. Charles et Georges ouvrent la porte, passent la tête et regardent de chaque côté et au loin. Pas âme qui vive. Malgré leur barbe de quatre jours, ils osent aller vers le centre du village. Une enseigne affiche onze heures. D'un air décontracté Georges demande à une brave dame avec un panier à la main si la gare est loin. Elle tend le bras devant elle en disant que c'est là-bas. Georges part dans cette direction. Charles le suit à une vingtaine de mètres et change de trottoir. La gare est en vue. Un petit restaurant est ouvert en face sur la place. Charles s'y est arrêté et fait signe à Georges de le rejoindre. Ils lisent le menu affiché à droite de la porte.

– On entre et on prend un plat, celui du jour a l'air bien. As-tu vu les horaires des trains ?
– Non, j'ai pas eu le temps, tu m'as appelé avant.
– C'est pas grave, on ira après avoir mangé. Au restaurant, ils savent peut-être ?
– On entre, vas-y, je te suis.

Les deux hommes s'installent dans l'angle à droite le long de la fenêtre d'où ils peuvent voir la façade de la gare. Un serveur vient les voir et leur explique que le service n'est pas commencé mais qu'il peut leur servir un casse-croûte maintenant. Charles le regarde et d'un coup lui demande :

-- Bon, bah ! Tant pis, on ne mangera pas de foie gras ou un bon steak. Donnez moi un   jambon-beurre.
– Moi aussi mais il nous faudrait un pichet de rouge avec deux verres.
– Je m'occupe de cela, attendez un peu.

Le serveur donne un coup de sonnette en arrivant derrière le bar. Son patron sort aussitôt de la cuisine et lui demande ce qui se passe. Le serveur lui donne la commande mais lui dit de bien regarder Charles et Georges au fond de la salle. Le patron se penche à l'oreille du serveur, lui donne un coup de coude et repart dans la cuisine avec un geste du pouce vers le haut. Une minute plus tard, Georges verse du rouge dans le verre de Charles et se sert à son tour.

Ils se parlent à voix basse, ils échafaudent la suite de leur cavale. Ils se taisent quand le serveur arrive avec les deux jambon-beurre sur une grande assiette avec deux serviettes. Il y a plus de cinq minutes que les deux hommes sont installés. Ils entament leur casse-croûte de bon appétit. Le serveur retourne derrière le bar et commence à essuyer la tournée de verres qu'il a sortie du lave-vaisselle. Son regard va de la table du fond à l'extérieur. Il a un mouvement de tête comme de surprise et appuie aussitôt sur la sonnette. Son patron ressort de la cuisine pour voir ce qui se passe. Ce n'est pas pour une nouvelle commande mais plutôt pour l'arrivée de personnes qui ne sont pas des clients. Il parle avec son serveur comme pour le travail, il parle fort. Charles et Georges, un peu surpris, tournent la tête vers eux. À cet instant, la porte s'ouvre d'un coup et va même claquer sur le mur en s'ouvrant en grand. Trois hommes entrent en courant et se précipitent sur le duo.Ils ont un brassard rouge marqué « Police ». Charles et Georges n'ont pas eu le temps de dire un mot qu'ils sont embarqués dans des voitures banalisées. Un policier revient vers la table du duo et récupère les sacs posés au sol derrière les chaises le long du mur. L'opération n'a pas duré plus d'une minute.

Il est quinze heures dans les bureaux du commissariat où les deux hommes ont été amenés. Assis devant une table face à deux policiers, Charles est impassible.

– Dis donc Charles, il y longtemps qu'on t'avait vu par ici. Alors je vois que tu es toujours aussi doué pour ne pas réussir à disparaître dans la nature après un mauvais coup ! Tu nous dis quoi ?
– Grrrrrr !
– Tu ne veux pas parler !
– Grrrrr !

– Bon. Comme tu veux. Alors ce sac, c'est le tien ou celui de ton collègue ?

– Grrrrr !

– Que tu répondes ou pas, on va faire l'inventaire.

Le sac est vidé sur la table. Son contenu est étalé à côté de ce qui a été trouvé dans ses poches : papiers, billets de banque, pièces de monnaie, clefs. Les policiers déballent les paquets enveloppés dans le papier journal. Une dizaine de vases et des bijoux apparaissent. Les policiers notent tout en essayant d'être précis dans la description de chaque objet. Ils les numérotent et les rangent dans des sachets en plastique transparent. Il se passe la même chose avec Georges dans la pièce voisine. Questionné, il refuse aussi de répondre. Un gradé va d'une pièce à l'autre, regarde les deux personnages. Il prête attention à tout ce qui est exposé sur les tables.

Il y a maintenant plus de cinq heures que le duo a été interpellé. Les gendarmes et les policiers du coin avaient été avertis du cambriolage de la maison d'un riche avocat à une quinzaine de kilomètres d'ici la semaine précédente. Un témoin avait donné une description approximative des voleurs. Les doutes s'étaient aussitôt portés sur le duo déjà bien connu dans la région. Le tour des commerces du coin s'est révélé efficace : le serveur a eu un doute quand ils sont entrés dans le restaurant et les a prévenus. Ils devront y aller pour au moins une tournée pour le remercier.

Le gradé revient vers Georges et reprend l'inter-
rogatoire.

– Vous avez dormi où ?
– Là-bas
– Là-bas c'est où ?
– Là-bas dans le bois
– Quel bois ?
– Je ne sais pas.
– C'est ton collègue qui a eu l'idée ?
– Je ne sais pas
– Ton collègue a dit que c'était toi
– Moi ? Quoi ? Non.
– Ce n'est pas des réponses que tu me fais !
– Pourquoi ?
– Je veux tout savoir sur ce que vous avez fait de-
puis une semaine. Il va falloir se mettre à table ! Je
veux tout savoir !
– À table, c'est vrai ça, j'ai faim ! Vous m'apportez
quoi de bon ?
– Foutez moi ça au trou !!!!!!!

Il est revenu

Maurice se réveille tranquillement. Il sait qu'aujourd'hui il peut rester encore un peu au lit, en se tournant il a vu l'heure sur le vieux réveil : sept heures quarante. Le soleil est déjà haut dans le ciel en cette veille de l'été. Il regarde vers la fenêtre qu'il a laissé entrouverte hier soir, le thermomètre ayant franchi les trente degrés dans la journée. Il se lève et se dirige lentement vers la cuisine. Il fait demi-tour et passe par les toilettes. Les aiguilles de la pendule dans la salle à manger indiquent huit heures cinquante quand Maurice ferme la porte d'entrée à clef.

Il part en marchant vers le centre du bourg. Quelques voitures se suivent dans la rue et le frôlent. Les conducteurs ne l'ont pas remarqué. Maurice salue trois femmes qui devisent sur le trottoir, elles lui répondent. Quelques pas plus loin, il s'arrête au niveau de la dernière maison qui a un jardinet. Il pose la main sur le dessus du muret en briques rouges, aussitôt une grosse boule de poils roux saute et vient se frotter sur sa main en ronronnant. Maurice caresse le chat, lui gratte doucement la tête puis s'en va. Le chat le regarde s'éloigner, c'est leur rendez-vous habituel du matin. Maurice esquisse un sourire, ce contact le rassure et le rend heureux.

La grosse cloche de l'église annonce neuf heures. Maurice écarte une chaise à la terrasse du bar du centre, il s'installe. Il ne commande même pas son café, le patron du bar le connaît bien et le salue en lui posant sa tasse. Maurice est assis toujours à la même place, celle d'où on voit le mieux le parvis de l'église et le carrefour principal où se rejoignent les rues venues de la campagne alentour. Le patron du bar retourne à l'intérieur, il sait que son client n'est pas causant.

Un cycliste peine à pousser son vélo. Il avance presque en titubant. Deux grands sacs pendent de chaque côté accrochés au guidon, ils traînent sur le sol. Cet homme étrange vêtu d'un vieil imperméable à demi déchiré, ses cheveux longs dépassant d'un chapeau informe, attire l'œil de Maurice. Il a l'impression d'avoir déjà vu cet homme, sans doute il y a de nombreuses années. Il le regarde s'éloigner et emprunter la rue qui descend vers la rivière. Il fouille dans la poche, sort son porte monnaie et met sur la table le prix de son café. Il se lève, traverse la place et part dans la même direction que l'homme bizarre avec son vélo surchargé. Connaissant bien le quartier, il se dirige vers l'escalier de pierre qui s'éloigne vers la droite. Il descend rapidement la vingtaine de marches puis regarde de tous les côtés. Personne. Son regard se porte au-delà de la rivière vers le terrain de camping. Maurice croit voir l'homme et son étrange vélo y entrer. Sans le quitter des yeux, il s'installe sur le banc en bois qui permet d'admirer l'eau et les abords de la rivière. Il peut aussi observer ce qui se passe dans le terrain de camping. Le vélo surchargé disparaît derrière le bureau d'accueil. Il réapparaît devant le bloc sanitaire peint en vert au fond du terrain. Cinq minutes plus tard, Maurice doit se rendre à l'évidence, l'homme est arrivé. Un coup d'œil à sa montre lui indique qu'il a encore une heure de libre avant de repartir manger. Il allonge les jambes et pose un bras sur le dossier du banc. Malgré cette apparence de tranquillité, il est aux aguets, les yeux fixés vers le bloc sanitaire pour voir si l'étrange homme revient. Une demi-heure se passe sans rien, ça lui donne envie d'aller voir à l'accueil du camping. C'est ce qu'il fait mais le gardien lui fait comprendre qu'il ne peut rien lui dire. Déçu et intrigué, Maurice rentre chez lui.

Son repas simple est rapidement avalé. La table débarrassée, Maurice va dans la chambre, ouvre l'armoire et cherche sur l'étagère du haut. Il trouve rapidement la boite en carton gris. Il la prend et la pose sur la table. Il sort des enveloppes et les pose côte à côte devant lui. Maurice se met à respirer plus vite, ses mains tremblent. Il sue et il doit s'essuyer les yeux. Au bout de peut-être cinq minutes, sa main droite prend l'enveloppe la plus épaisse et étale son contenu sur la table : une vingtaine de photos et six ou sept feuilles de papier jauni. Il regarde d'abord les feuilles une par une et garde devant lui celle qui semble être une liste de noms. Il l'approche de son visage et lit tous les noms un par un. Des haussements d'épaule, des larmes qui perlent au coin des yeux, l'émotion envahi Maurice. Il se calme et tend la main vers les photos. Il les regarde l'une après l'autre, en met deux de côté et range les autres en pile sur les feuilles. Il ne garde que la liste et ces deux photos, remet le reste dans l'enveloppe, range tout dans la boite en carton. Il la laisse au bout de la table. Sur le buffet, il trouve une enveloppe un peu déchirée. Il y glisse la liste de noms et les deux photos. Il la pose sur le téléviseur puis va remettre la boite en carton dans l'armoire.

Le lendemain matin, Maurice est fidèle à son rendez-vous à la terrasse du bar du centre pour son café, mais il est arrivé plus tôt que d'habitude. Quand neuf heures sonnent au clocher, il se lève et traverse le parvis. Il entre dans l'église et cherche le curé, le père Francis. Personne dans la nef et le chœur. Maurice longe l'autel et entre dans la sacristie dont la porte est ouverte. Entendant des pas, le père Francis vient vers celui qui entre et s'arrête en reconnaissant Maurice

– Que viens-tu faire ici ? Il y a des années que tu es entré dans la maison de Dieu !
– Oui je sais Francis. J'ai une urgence, il faut qu'on parle. Mais pas ici, plutôt au presbytère.
– Oooh ! Ça a l'air grave ? Viens, on y va. Ma messe est terminée.

Juliette, la gouvernante, apporte deux cafés et un cake coupé en tranche devant les deux hommes assis face à face à la table de la cure.

– Alors Maurice, qu'est-ce qu'il t'arrive. Tu as l'air dans tous tes états. Et en plus que tu viennes me voir, moi, le curé !
– Francis, regarde ces photos et cette liste, ça doit te rappeler plein de choses !
– Mais ça fait cinquante ans que je ne les ai pas vues. C'était au lendemain de ce triste jour. Il est resté gravé dans ma mémoire.
– L'an deux mille c'est l'an prochain, donc c'était bien il y a cinquante cinq ans.
– Déjà ! Bon ces photos pourquoi ?
– Sur cette photo, j'ai vu hier le troisième à gauche. Il était en ville
– Quoi !!! Lui !!!
– Oui et il doit être au camping. J'étais en train de boire mon café comme d'habitude au bar du centre. J'ai vu arriver un clochard, un SDF ; Il poussait un vieux vélo avec des grands sacs accrochés de

chaque côté du guidon. Il y a quelque chose dans son allure qui m'a choqué, même s'il était courbé presque en deux avec des cheveux blancs longs et sales qui venaient jusque sur ses épaules. Ils étaient cachés sous un chapeau informe.

– Et tu comptes faire quoi ?

– Je ne sais pas et c'est pour ça que je suis là face à toi. Tu es toujours de bon conseil.

– Reviens demain à dix-sept heures. J'ameute les anciens du groupe. On décidera   ensemble.

– D'accord Francis.

Maurice s'est arrêté au bar du centre pour boire un nouveau café. Le patron a été surpris de le voir revenir mais ne lui a pas posé de questions. De retour chez lui, il va directement à l'armoire et ressort le boite en carton. Il reprend une à une toutes les photos. Il les examine lentement. Son regard parfois s'embue. Il hoche la tête ; C'est une tempête qui tourne sans arrêt depuis hier : « Lui ici ! Ce n'est pas vrai ! »

Le lendemain Maurice est resté longtemps sur le banc non loin de la rivière à observer les allers et venues du terrain de camping. Dans la matinée, l'étrange homme est resté invisible. Plusieurs promeneurs, qui le connaissent, se sont arrêtés devant lui et lui ont demandé les raisons de sa présence sur le banc, un endroit où il n'est jamais. Une réponse évasive les a rassurés et ils ont continué leur chemin. À dix-sept heures, il sonne à la porte du presbytère. Francis vient lui ouvrir et lui dit :

– Tu es le dernier, on est six.

– Merci de les avoir appelés.

– Maurice est là. On va écouter ce qu'il a à nous dire. À toi de parler

– Bonjour les gars. Avant hier, j'ai cru à une vision, un fantôme. Je ne sais pas si je peux vous expliquer ça en détail.

– Francis nous a vaguement raconté ce que tu lui as dit. Alors es-tu sûr que c'est lui ?

– Je suis allé voir le responsable du camping. Il m'a dit que ce n'était pas ce nom qu'il avait donné. Il ne demande pas de pièces d'identité en ce moment. Je vous propose de faire ce que j'ai fait   aujourd'hui : observer et le suivre. Ça rappellera des souvenirs ! En début d'après-midi il a été en ville et il est revenu avec des trucs pour manger. Il faudrait un volontaire pour réussir à voir dans quoi il couche au camping, en demandant pour réserver un emplacement... je ne sais pas. Moi je ne peux plus y aller.

– Je n'ai rien demain matin, j'irais. Mais on fait quoi si c'est bien lui ?

– Je vois le capitaine de gendarmerie demain. Albert pourras-tu prendre la suite entre deux et cinq.

– C'est OK pour moi. On se revoit quand.

– Francis demain si on peut, même lieu, même heure ?

– Oui, c'est bon. Vous ne bougez pas, je reviens.

Il se lève et il est de retour dans la salle avec une bouteille de vin, suivi de Juliette portant un plateau avec les verres et des gâteaux secs. Francis remplit les verres et leur demande de se lever. Ils ont compris. Droits comme au garde à vous, le bras tendu tenant leur verre plein, les yeux fermés ils crient leur cri de guerre d'il y a presque soixante ans « Unis pour vaincre sans reculer » Ils le répètent trois fois avant de vider leur verre.

Le lendemain quand les cloches de l'église annoncent dix-sept heures Maurice sonne à la porte du presbytère. Il n'est pas seul, le capitaine de gendarmerie a accepté de venir pour expliquer ce qui pourrait être fait dans un cas comme celui qu'ils veulent résoudre. Tous sont assis autour de la grande table. Juliette apporte des cafés et des gâteaux qu'elle a faits le matin même. Elle pose le tout sur le milieu de la table et retourne à ses occupations.

Un moment de grand silence s'abat sur l'assemblée. C'est l'homme en uniforme qui prend la parole :

– Messieurs, l'homme qui pousse son vélo hors d'usage avec des sacs, est bien celui que vous croyez être. Je suis allé le voir et lui ai posé quelques questions sur son arrivée ici. Il a eu du mal à me répondre, il bégaye et s'emmêle dans ses réponses. Maurice m'avais demandé de lui dire votre cri de guerre. À peine commencé il est tombé à genoux. Aussitôt j'ai fait demi-tour sans lui dire autre chose. Il est resté comme ça, à genoux même quand j'étais presque arrivé au bureau. C'est donc bien celui que vous pensiez. Quoi faire avec lui maintenant ? Les faits ont plus de cinquante ans, un procès ? Pour quel motif ? Un avocat demanderait la prescription. Au pilori de la foule ? Qui viendrait pour ça ? Qui s'en rappelle dans la ville ?

– Je vais aller le voir et lui demander de venir dans mon confessionnal, il y aura le secret de la confession, ça devrait calmer sa conscience. Maurice tu as une idée pour la suite ?

– Oui, j'ai à la maison un pyjama à rayures. Je propose de lui prêter pour qu'il repeigne le monument aux morts dans cette tenue. Le maire ne m'a pas dit non ce matin. On expliquera aux habitants pourquoi

– Maurice, c'est quoi ce pourquoi ?

– Mon capitaine, au moment de l'arrivée imminente des américains en août quarante quatre, ce

100

triste personnage a sans doute dénoncé deux camarades aux nazis. Ils ont été faits prisonniers aussitôt. Ils ne sont revenus que trente mois plus tard, des vrais squelettes avec un millimètre de peau sur les os. On s'est douté de quelque chose quand on a vu que la place était déserte, plus un allemand, plus un partisan, plus un ami ! Nous sommes sûrs que c'était lui le traite. Il a disparu dès ce jour jusqu'à son retour ici il y a trois jours. Et savoir qu'il a dû traverser cette place !

Il devra rénover le monument vêtu du pyjama rayé

Les roues et
la canne blanche

– Mesdames, messieurs, pouvez vous, s'il vous plaît, nous laisser passer, merci ! Lucien donnez moi la main, je vous guide jusqu'à votre place. Elle est réservée au premier rang.

– Merci Christine, je vous suis. Je suis content de venir ici ce soir écouter cet orchestre de jazz. J'étais à l'école avec le batteur. Il nous faisait des démonstrations !

– Ça y est, c'est là. Tend la main, là, abaisse la partie siège et installe toi . Je reviendrai après la fin. Tu ne te lèveras pas. Tu m'attendras.

– Oui, merci. À tout à l'heure.

– Bon concert !

Les spectateurs continuent d'arriver dans cette belle salle qui peut contenir jusqu'à huit cents personnes. Lucien écoute les conversations de ceux qui arrivent et le frôlent avant de rejoindre leur siège. Il n'entend pas de voix connues. Il retire sa veste, la plie avec précautions puis la pose en travers de ses genoux. D'un coup, il fait un sursaut, il entend Christine parler avec quelqu'un. Elle semble guider un spectateur, elle approche et Lucien entend quelques mots à voix basse

– Mettez vous là. Laissez le siège relevé comme il est, vous aurez ainsi assez de place sans gêner le passage. Je vous présente Lucien, à côté de vous. Je suis aussi son guide quand il vient ici

– Bonsoir monsieur Lucien. Je m'appelle André. Bonne soirée à vous.

Lucien sent un bruissement de tissu et tend la main du côté de la voix de son voisin, c'est de là qu'il a entendu ce bruit. Il sent qu'elle est prise fermement sans serrer, une vraie poignée de mains comme on en donne entre amis. Un souffle près de son oreille et c'est André qui lui dit tout doucement :

– Je vois que vous vous déplacez avec une canne blanche, moi j'ai des roues à la place des pieds

– Vous semblez être un drôle de personnage pour parler comme ça ! Malgré tout, ça fait du bien d'en-

tendre un peu de bonne humeur face à nos problèmes !
– Chuuut ! La lumière s'éteint, ça va commencer !
– Merci.

Une heure et demie plus tard, les quatre musiciens saluent le public qui réclame un bis en maintenant les applaudissements et en criant fort. Clarinettiste, saxophoniste, guitariste et batteur se remettent en place pour deux titres de Ray Charles que les cinq cents amateurs de la salle accompagnent en battant des mains. Lucien est aux anges, c'est un de ses chanteurs de jazz préféré, il tape en mesure avec sa canne. André à côté de lui le regarde et sourit, il est heureux de voir son voisin comme ça. Les musiciens saluent à nouveau et se préparent à rejoindre les coulisses et leurs loges. Lucien se permet d'appeler très fort « Vincent !» Le batteur arrête de ranger ses cymbales, tourne la tête et s'immobilise les yeux fixés sur Lucien. Il a reconnu la voix, garde ses baguettes en main et descend de la scène. Il va droit vers Lucien. Celui-ci a entendu quelque chose mais ne réussit pas à l'identifier. André se penche vers lui et lui dit

– Tu as de la visite, c'est un homme qui a des baguettes en main !
– Non !!! Ce n'est pas vrai !
– Si, si, Lucien, c'est bien moi ! Content de te voir. Tu me parais en pleine forme malgré ton pro-

blème. Alors depuis ce temps qu'on ne s'est pas vus, que deviens-tu ?

André recule un peu son fauteuil roulant pour laisser Vincent s'asseoir et discuter. Les spectateurs, qui quittent la salle, regardent les deux hommes en pleine conversation. Deux jeunes s'arrêtent et demandent un autographe à Vincent en lui tendant leur programme. La salle est maintenant vide et Vincent a été rejoint par ses trois partenaires du groupe. Ils discutent aussi bien avec Lucien qu'avec André. Christine arrive pour les guider pour sortir. Elle est surprise de voir les musiciens autour d'eux. André lui fait comprendre d'un signe que ça va durer encore un peu. Christine approuve d'un hochement de tête et repart attendre vers la sortie. Moins d'une dizaine de minutes plus tard c'est André qui apparaît dans le passage de sortie. Christine est surprise et ouvre les doubles portes battantes en grand. Elle constate qu'André est suivi par Lucien qui a la main gauche sur une poignée du fauteuil roulant, la canne, dans la droite traîne au sol.

    – Alors tous les deux, on m'a fait faux bond !

    – Christine j'ai eu un bon guide ! Ses roues vont bien droit ! Je suis content, les musiciens sont venus me voir. J'ai constaté qu'André aime la même chose que moi. Il faudra qu'on se revoit, lors d'un spectacle ou ailleurs.

– Pas de problème Lucien. Je travaille quatre après-midi par semaine et j'ai du temps libre. Donne moi ton téléphone, je t'appellerai
– Le voila, donne le tien à Christine. Elle sait comment faire pour ça.

Christine prend Lucien par le bras, le guide jusqu'au bord de la rue principale. Elle lui fait faire un quart de tour, repérer la bordure du trottoir avec sa canne. Un mot à l'oreille et il part chez lui. André pose la main sur l'accoudoir droit de son fauteuil, prend dans sa main le petit levier de commande, appuie dessus et c'est parti pour le retour à la maison.

Une semaine ordinaire se passe. André est employé dans une petite entreprise de métallurgie. Elle fabrique des pièces de tôlerie pour des véhicules industriels. Les ouvriers sont une vingtaine au sein du grand atelier qui est bruyant. André est au bureau et s'occupe des plannings des livraisons et d'approvisionnements. Il y a une dizaine d'années, il était déjà dans cette entreprise comme chef d'équipe à la production. Lors du chargement d'un camion, un câble de palan s'est rompu. Une semaine de coma, plusieurs opérations et des mois de rééducation ne lui ont pas rendu l'usage de ses jambes. Son patron lui avait alors proposé ce poste dans les bureaux. Après une adaptation difficile, il se sentait bien et surtout utile. Peu de temps après il a été encore plus heureux quand il a eu son fauteuil électrique qui lui permet de se déplacer sans aide. Entre deux coups de téléphone, il repense à ce concert de jazz et à son voisin dans la salle, Lucien. Ne pouvant se déplacer comme il veut, il essaye de s'imaginer la vie de Lucien qui ne voit pas, quelle est la vie sans voir. Il est pensif

> « Moi j'ai la chance de travailler et de voir du monde. Lui il fait quoi ? Il faut que je l'appelle pour prendre de ses nouvelles. »

Perturbé par ces réflexions, André se permet de décrocher le téléphone de l'entreprise et fait le numéro de Lucien.

> – Allo ! Lucien, bonjour, c'est André, l'homme à roulettes du concert
>
> – Oui ! Bonjour André. Ici moi tout va bien.
>
> – Je t'appelle du bureau. Pourrait-on se rencontrer ? j'ai envie de parler avec toi. Au concert c'était trop court.
>
> – C'est quand tu veux, demain ou plus tard.
>
> – Je ne travaille pas demain après-midi. Si ça te convient à quinze ou seize heures ? Tu choisis et tu me dis où
>
> – J'ai mes habitudes au café de la place, celui qui vend du tabac et des journaux.
>
> – Oui je vois lequel.
>
> – On se voit à seize heures ?
>
> – Ça me va. À demain. Salut.

André n'avait pas entendu son patron entrer dans le bureau. Il lui demande

– Qui est ce Lucien ? Chez quel client ou fournis-
seur il travaille ? Tu as pris un rendez-vous alors
que tu ne travailles pas.
– Oui patron, j'ai fait ce que je ne dois pas faire.
Lucien est un aveugle qui était à côté de moi au
concert samedi dernier. Je voulais le revoir.
– Bon, tu sais que je n'aime pas ça, ne recommence
pas.
– Oui patron. Pour revenir aux livraisons, tout est
prêt jusqu'à mercredi prochain.

André a fini de manger dès treize heures. Il tourne
en rond avant de se préparer pour aller voir Lucien. Il vit
seul dans ce petit appartement au rez de chaussée de cet
immeuble proche du centre ville. Il est aménagé pour les
personnes qui ne peuvent pas se déplacer normalement,
des PMR comme il est dit : des Personnes à Mobilité
Réduite. Il sort de la salle de bains et va s'habiller dans sa
chambre. Comme à chaque fois c'est une épreuve qui lui
demande des efforts et du temps. Habillé, il sort de la
chambre puis retourne dans la salle de bains pour un
coup de peigne. Il regarde sa montre, il lui reste presque
une heure avant le rendez-vous. Il se sent heureux et
sifflote un air qui lui court dans la tête, un air de jazz des
années cinquante qu'il adore : Petite Fleur de Sidney
Béchet. Il se décide à partir et sort de chez lui. Il gagne à
une vingtaine de mètres le trottoir de la grande rue qui

mène vers le centre ville. Des poubelles gênent le passage et l'oblige à rouler sur le bitume. Plusieurs voitures le frôlent alors qu'il va face à elles. Il en a l'habitude. C'est un parcours qu'il fait souvent le matin pour ses achats chez le boulanger ou à l'épicerie. Plusieurs fois il est arrêté par des amis ou des gens qui le connaissent simplement. Juste avant de rejoindre la grande place, c'est une dame d'une soixantaine d'années qui reste à parler avec lui un bon moment, elle est militante dans différentes associations et elle est proche des handicapés. André lui pose des questions bien précises sur quelque chose qu'il connaît bien mais qu'il cache à tout le monde . Au bout de dix minutes, elle le quitte en lui disant

– Viens donc samedi prochain . Je suis de permanence au bureau. Il aura tous les renseignements qui lui seront utiles.
– C'est toujours en face ou presque de la gare.
– Oui. Entre onze heures et midi. C'est la grande porte cochère. Tu sonneras pour vous ouvrir, il y a un seuil assez haut au portillon
– Oui je me rappelle. D'accord à samedi matin.

André arrive avec un peu d'avance au rendez-vous. Le temps est beau et il décide de s'installer à la terrasse. Le serveur vient le voir mais il repart sans commande, André lui ayant demandé de revenir car il attend quelqu'un. Cinq minutes plus tard il aperçoit

Lucien tourner au coin de la grande rue. Il avance franchement en tâtant le sol avec se canne blanche. On se rend compte qu'il connaît bien le quartier. Quand il est à moins de dix mètres, André l'interpelle

– Lucien, je suis à la première table de la terrasse, de ton côté, je suis le dos au mur.
– J'arrive.

À peine Lucien assis, le serveur revient prendre la commande. Il apporte les deux cafés et les pose devant eux. Les deux hommes entament la conversation sur la météo et autres choses puis André explique sa vie depuis son accident en remerciant son patron de lui avoir proposé cet emploi à mi-temps. Il raconte même des blagues qu'il fait avec son fauteuil roulant. Lucien est moins disert sur sa cécité. André le comprend mais il lui demande quand même quels sont ses plaisirs.

– Tu as compris au concert que j'aime la musique et surtout le jazz. J'avais commencé à jouer de la clarinette mais j'ai dû arrêter . Tu as entendu la conversation avec Vincent et ses copains après leur concert.
– Oui. J'ai compris ça et tu dois connaître par cœur tous tes CD de musique.
– Des fois je remets le même trois fois dans la journée. Ils ne sont pas tous repérés.

– Excuses moi pour cette question, as-tu appris le Braille ?

– J'ai essayé mais c'est très dur. Et ça me manque. J'aimais bien lire de temps en temps un roman, un policier ou une aventure d'explorateur par exemple. J'écoute la radio mais souvent c'est lassant.

– Lucien que fais-tu demain en fin de matinée ?

– Rien. Pourquoi ?

– Avec mes roues j'ai découvert des choses que j'ignorais totalement. Peux-tu être là à dix heures ? Tu prendras une poignée de mon fauteuil, je serais ton guide et tu verras

– Je vais voir. Oh ! Mais quoi ?

– Oui c'est vrai je n'aurais pas dû dire verras, c'est découvrir quelque chose qui, je crois, te fera plaisir, un grand plaisir.

– Pourquoi tu fais ça ?

--Tu ne le vois pas – excuses moi – mais les gens nous dévisagent souvent, toi avec ta canne et moi avec mes roues. On doit s'aider.

– C'est toi qui le dit !

– Oui. Alors à demain, ici.

– D'accord André, à demain.

André règle les consommations et regarde Lucien s'éloigner en s'aidant de sa canne blanche.

Les cloches annoncent dix heures. André est sur le trottoir à une dizaine de mètres du café où il doit retrouver Lucien. Une tape amicale sur l'épaule lui fait tourner la tête et son fauteuil.

– Dédé, qu'est-ce que tu fais là. Tu fais le trottoir ?
– Il y a peu de client, je rôde mes pneus neufs. Non, j'attends quelqu'un, un nouvel ami rencontré au concert de jazz l'autre jour. C'est un mal voyant et je veux lui faire découvrir les livres à écouter, on sait ce que c'est.
– Dis donc, tu ne me l'avais pas encore faite celle-là du rodage des pneus neufs ! Tu vas là-bas ! On y va ensemble alors, tiens regarde, je leur porte mon dernier ouvrage.
– Tiens le voila ? Ohé, Lucien je suis là !
– Bonjour André, je suis à l'heure je crois.
– Oui à la seconde. Au fait, nous serons trois à aller là-bas. C'est un ami qui a le même prénom que moi. Il te parlera de ce qu'il fait pendant le trajet. Prend la poignée ou le bras de mon ami, comme tu veux.
– En route tout le monde !

Le trio devise tout au long du parcours. Les éclats de rire interrompent les conversations plus sérieuses. Les blagues entre les deux handicapés étonnent l'écrivain. En arrivant devant la porte cochère l'écrivain accélère le pas et ouvre le portillon, il guide Lucien à franchir le seuil et lui demande d'attendre, il revient aider André à passer à son tour. Il referme et et avance jusqu'à la porte à droite. Il ouvre et invite André et Lucien à entrer. Les deux André saluent les deux femmes assises au bureau. Lucien écoute avec surprise. André depuis son fauteuil prend la parole.

– Aujourd'hui on arrive avec quelqu'un qui ne vous connaît pas. Et pourtant je sais que vous aller lui faire plaisir. Il s'appelle Lucien.
– Bonjour Lucien
– Bonjour mesdames. Oui, je ne vous connais pas mais votre voix me rassure.
– Ils ne vous ont pas dit ce qu'on fait ici
– Non ! Mais j'ai confiance
– André vous avez fait le guide, allez-y, présentez nous
– Oui mais c'est plutôt l'autre Dédé qui doit causer
– Si tu veux. Bon, Lucien, je suis écrivain amateur et j'apporte ici mon dernier roman qui se passe dans la région. Ce lieu est le bureau de la bibliothèque sonore. Les livres sont enregistrés sur CD pour être écoutés. Tu vois avec les dames la partie administrative et tu pourras « entendre un livre »
– Mais c'est formidable cette chose là !!!
-- André est un de ceux qu'on appelle donneur de voix pour enregistrer, Lucien tu as rencontré le bon personnage.

– Je me souviendrai longtemps de ce concert de jazz !

Lucien ne peux retenir ses larmes. Tous viennent autour de lui et le prennent par les épaules. Les deux André se reculent et laissent les deux dames parler avec Lucien.

La bibliothèque sonore a un nouveau mal-voyant qui profitera de son travail et qui lira des livres avec les oreilles..

Merci !

Commencés depuis trois jours, le peintre termine les travaux de pose du papier peint dans la chambre du rez de chaussée. Le choix n'a pas été facile pour les motifs mais Georgette est contente. Le fond est bleu pâle et un peu vert, des esquisses d'arbres font des traits bruns verticaux. Elle passe la tête par la porte et regarde, le peintre la salue et l'invite à entrer pour voir l'avancement. Elle fait trois pas puis s'immobilise. Elle pose son regard de tous les côtés. Un sourire se fige sur ses lèvres en voyant le résultat

> – Je vais enfin avoir ma chambre ici sans avoir besoin de monter les marches. Maintenant je vais profiter de toute ma maison autrement. Le chemin a été long jusqu'à aujourd'hui mais je n'aurais plus à zigzaguer pour aller me coucher !

Georgette ressort de sa future chambre en s'appuyant sur sa canne anglaise et retourne s'installer dans la grande pièce de vie qui est autant la cuisine que la salle à manger ou son atelier pour ses travaux manuels de loisir. Elle se pose dans le fauteuil Voltaire qui est face à la télévision. Elle se délecte de poser ses mains sur les accoudoirs et frotte sa nuque sur le haut du dossier. Son esprit s'envole et elle part dans ses souvenirs.

Ses pensées vagabondent aussitôt vers l'école du village, sa classe unique avec les gamins et les gamines de cinq à quatorze ans. La maîtresse était seule face à presque quarante têtes blondes. La majorité étaient des enfants d'ouvriers agricoles, nombreux ces années là dans les fermes. Il y avait des fratries de cinq ou six et la maîtresse avait du mal pour appeler l'un ou l'autre et se trompait de prénom. Les plus grands s'occupaient des petits pour apprendre à lire ou compter. Grâce aux parents qui respectaient le travail de cette enseignante dévouée, les enfants ne créaient que rarement du chahut en classe, les jeux et les cris n'ayant droit que dans la cour lors des récréations. De cette période de sa jeunesse, Georgette se souvient surtout de son douzième anniversaire, fin octobre, quand ses parents lui ont annoncé qu'elle passerait un concours pour entrer dans une école de la ville à la fin de l'année scolaire pour y apprendre plein de choses nouvelles. La maîtresse lui donnerait des devoirs en plus pour préparer ce concours tout au long de l'année. Elle avait toujours pensé qu'elle suivrait le même chemin que ses copines : passer le certificat d'études et aller travailler dans usine du village voisin ou devenir vendeuse dans un commerce avant de se marier et de faire des enfants. Ses pensées lui font revivre ce voyage, à la fin du mois de juin, dans la grande ville dans la voiture de sa maîtresse, attendre qu'on l'appelle et se retrouver dans des grandes salles d'école avec plein de tables individuelles, elle se souvient encore du problème de mathématiques, des questions de la dictée et d'une partie des questions d'histoire et de géographie. Un frisson la parcourt quand sa mémoire la fait revenir devant ces listes de noms accrochées au mur, la voir regarder ébahie ces filles qui hurlent de joie en sautant dans les bras de leurs parents en criant : « je suis reçue ! » D'autres ont la tête basse et essuient une larme devant la défaite. C'est sa maîtresse qui l'appelle et lui montre son nom qui figure en bonne place dans les aptes à entrer. Georgette reste calme, embrasse sa maîtresse en lui disant doucement : « je ne vais pas faire comme mes copines, je fais un pas de côté, ma vie future sera différente »

Elle replonge encore dans ses pensées ; ses trois années d'internat, ne voir ses parents ou les copines que le dimanche ou lors des vacances. Les promenades dans les chemins de terre après l'école ou le jeudi ne se faisaient plus. Pendant l'hiver ou aux vacances de Pâques, elle se retrouvait avec des copines du village pour écouter pendant deux ou trois heures les disques quarante-cinq tours des chanteurs yéyés sur le tourne disque Teppaz®. Elle se dit que sa vie d'adolescente a été différente de celle de ses copines mais elle se rend compte que maintenant elle ne regrette rien. « Chacune a eu son bonheur à sa façon et c'est aussi bien ainsi. Ma vie de famille n'a pas été comme les autres et puis...»

Sa mémoire continue de survoler toute sa vie qu'elle a consacré aux personnes plus ou moins dépendantes, le métier qu'elle avait appris dans cette école. Comme un vrai sacerdoce qu'elle a exécuté en donnant tant d'amour. Sa vie de famille a été mise entre parenthèse .

Il y a un bon quart d'heures que Georgette est dans ses pensées, elle esquisse un sourire, ces moments du passé lui évoquant tant de bonheur. D'un coup, elle sursaute, la musique de la sonnette s'est mise en route. Elle se lève et va voir à la fenêtre qui peut bien venir à cette heure là pour la déranger. Elle avance lentement et s'arrête à un mètre pour voir sans être vue. Un homme en costume attend devant le portail en bois. Georgette se demande qui est ce bel homme si bien habillé qui veut venir chez elle, elle n'attend personne. Elle fait un pas, écarte le rideau et se colle le visage au carreau. L'inconnu à cet instant appuie a nouveau sur la sonnette. Georgette tourne la poignée de la crémone et ouvre la fenêtre. Elle se penche un peu et crie d'une voix peu aimable

– Qu-est ce que vous voulez ?

– Bonjour madame, je suis le clerc de maître Justaut, notaire, j'ai une lettre pour   vous

– Quoi ? C'est quoi que vous dîtes ?

– Madame, je dois vous remettre cette enveloppe en mains propres. Vous aurez tout le temps pour en lire le contenu, mais je dois aussi vous faire signer un reçu comme quoi je vous l'ai donnée

– J'arrive. Je me couvre, attendez.

Dix minutes plus tard, Georgette est assise à la table de la salle à manger et tourne dans ses mains l'enveloppe, elle est une grande et épaisse. L'en-tête du notaire figure dessus ainsi que le logo national. Au milieu son nom et son adresse sont rédigés d'une belle écriture manuscrite. Avec un couteau de cuisine elle ouvre un des deux petits côtés. Il y a une enveloppe avec l'adresse du notaire et une chemise cartonnée pleine de documents. Il y a deux liasses de pages dactylographiées et agrafées. Elle prend la moins épaisse et lit. Son visage change d'expression plusieurs fois au cours de la lecture. Elle relit cette liasse et prend l'autre. Elle soupire presque à chaque fin de page. Georgette reprend la première liasse, la moins épaisse, et reprend cette fois-ci très lentement la lecture. Avant la dernière page, elle s'arrête, retire ses lunettes et s'essuie les yeux qui sont pleins de larmes. Elle termine puis repose le tout sur la table. Elle se prend la tête entre les mains, marmonne entre ses dents. Ça dure trois ou quatre minutes puis elle se met à taper sur la table en criant, comme pour se soulager « Mais ils ne sont pas bien ! Ils sont fous !»

Le peintre surpris d'entendre Georgette crier sort précipitamment de la future chambre et arrive pour voir ce qui se passe. Il voit Georgette marcher autour de la table en parlant toute seule, frapper le sol avec sa canne anglaise, s'asseoir puis se relever pour tourner encore autour de la table.

– Madame, qu'est-ce qui se passe ? Je ne vous ai jamais vu dans un tel état, jamais aussi nerveuse ! C'est cet homme de tout à l'heure, qu'est-ce qu'il vous a fait ?

– Non, non, merci tout va bien. C'est une drôle de nouvelle. L'homme, c'était un clerc de notaire. Je vais m'en remettre. Merci de vous inquiéter de moi.

– C'est normal madame, si ce n'est pas moi qui est dans la maison, alors qui ? Bon pour moi, pour le chantier, il est terminé. J'ai fini pour aujourd'hui. Demain nettoyage et je vous laisserai profiter de chez vous ! Là, avant de partir je range mes outils et un coup de balai.

--Merci encore. Je vous laisse faire votre travail.

Un quart d'heure plus tard, le peintre est parti et Georgette est seule. Elle s'installe de nouveau à la table et reprend l'enveloppe et tous les documents qu'elle contient. Elle relit une fois de plus les deux dossiers. Elle a glissé un repère au milieu du moins épais et revient à cette page qui n'est pas pareille : c'est une photocopie d'une lettre écrite à la main. Georgette s'approche pour regarder de plus près, elle reconnaît cette écriture, c'est celle des mots que lui écrivait une de ses patronnes. Il n'y a qu'une vingtaine de lignes où elle voit son nom cité deux fois. Une phrase en fin du texte lui fait perler des larmes. Georgette la relit au moins cinq fois : « Georgette, cette brave qui n'a jamais fait un pas de côté et qui nous a toujours aidé. Un exemple de perfection. » Elle se remémore ce couple d'anciens commerçants qui vivaient dans une belle maison bourgeoise proche du centre ville. Elle n'avait qu'une dizaine de minutes à pied pour s'y rendre. Deux heures de ménage, préparer les repas pour la journée et faire les courses deux fois par semaine. Ce travail lui plaisait. Le couple était partis en maison de retraite six ans avant qu'elle ne prenne sa retraite et les échanges de lettres avait continué, sauf cette année, elle n'avait pas eu de réponse à sa carte de vœux ni à ses trois lettres suivantes. Georgette réussit à reprendre ses esprits et relit une fois de plus tout le dossier. Elle dit plusieurs fois tout haut sa pensée : « Pourquoi tout ça pour moi ? »

Le peintre termine comme promis le nettoyage de son chantier dans la chambre.Il évacue dans trois sacs poubelle les chutes de papier peint et les pots de peinture vides. Il sort son escabeau et sa caisse à outils. Il charge le tout dans sa camionnette. Un coup de balai, un passage de l'aspirateur, on range les derniers outils et il vérifie que tout soit propre. Il vient chercher Georgette pour lui montrer le chantier terminé : sa nouvelle chambre toute belle.

– Madame, j'ai fini, vous venez voir ?
– Non ce n'est pas la peine, j'ai regardé hier soir et tout à l'heure quand vous chargiez votre camion-nette.
– Vous vous y installez quand ?
– Je ne sais pas encore. Il faut descendre l'armoire et le lit de là-haut !
– Avez vous quelqu'un pour le faire ?
– Non
– Dites le moi, si vous avez personne, je peux venir avec un ami vous le faire en moins d'une demi-journée.
– Merci, Je ne sais pas encore.
– Au fait, votre lettre d'hier, ce n'est pas trop grave ?
– Non. Au contraire. C'est une bonne nouvelle inattendue. Un couple que j'ai servi m'ont couché sur leur testament pour un beau cadeau. J'ai tra-vaillé chez eux pendant douze ans et je n'ai jamais

osé penser à un tel remerciement. Ils ont même écrit que j'étais toujours droite, dévouée au service.
Pas un pas de côté par rapport au droit chemin.
– Mais madame, ils ne se sont pas trompés. Alors je viens quand pour votre lit ? Ce sera mon adeau.

Georgette s'est avancée et l'a pris dans ses bras en pleurant.

Résurrection

Les jeunes font la queue pour entrer dans cette grande salle. Ils ont travaillé quelques temps pour préparer ces épreuves qui vont peut-être leur ouvrir la porte de la formation qu'ils désirent faire pour avoir un métier si particulier. Ils sont plus de cent à prendre place aux tables individuelles. Stylo, crayon, gomme, ils posent leur matériel devant eux. Cinq minutes plus tard les feuilles des questions sont devant eux. Pas un bruit. Une heure plus tard quelques uns se lèvent et posent leur copie sur le bureau des surveillants. Trois fois cette séance de torture de l'esprit se renouvelle avant le soir. C'était il y a de nombreuses années, le souvenir de cette journée est resté bien présent.

Georges se tient la tête dans les mains. Ses yeux sont embués. Un autre souvenir est bien plus présent, celui de ce soir de juillet, quelques jours après la fête nationale. C'était six ans après cette journée d'épreuves de connaissances scolaires. Il avait été reçu au concours et avait suivi la formation de cette école spécialisée qui lui avait appris ce qu'était une locomotive, une motrice, pour tirer les trains et il avait commencé à les conduire. Ce soir là, il avait bu plus que de raison et ne savait plus ce qu'il faisait. La traversée de la rue devant le foyer des apprentis roulants s'est prolongée à l'hôpital. Trois semaines de coma, une dizaine d'interventions chirurgicales,six mois de rééducation et il est resté handicapé à vie, obligé de marcher avec une canne anglaise. Il n'a plus qu'une maigre pension pour vivre et l'envie de rouler sur les rails contrariée à jamais.

Un bruit qu'il connaît bien enfle venant de la colline dans le lointain sur la gauche. Georges se secoue et se lève. Il prend son baluchon de toile grise où toute sa fortune est rangée. Il passe la ficelle autour de l'épaule droite et s'éloigne du banc en boitant appuyé sur ce qu'il appelle sa troisième jambe. Dix minutes plus tard, il est installé à sa place préférée : le banc qui est mis à disposition des voyageurs sous un abri. Il est face aux quais de la gare et il voit l'activité sur les rails. Le bruit qui l'a fait venir à cet endroit s'est amplifié et c'est maintenant un crissement métallique de freins qui envahi l'espace. Plus rien, plus un son pendant quelques secondes puis des bruits de voix : les voyageurs descendent du train, leur journée de travail terminée. Comme à chaque fois qu'un train s'arrête en gare et déverse son flot de passagers, quelques larmes coulent sur les joues de Georges, son rêve de gamin perdu à tout jamais. D'un seul coup, il réagit que quelqu'un vient de s'asseoir à côté de lui sur le banc. Georges relève la tête tout doucement et jette un regard inquiet vers la droite. Il voit un homme qui a sans doute à peu près son âge, la quarantaine, élégant et bien habillé. Un chapeau de feutre gris lui couvre les cheveux. Sa veste déboutonnée laisse voir une chemise blanche et une cravate bleu foncé. Leurs regards se croisent. Les deux hommes semblent se toiser comme deux matous prêts au combat. Pas un trait de leurs visages ne bouge. L'homme esquisse un sourire. Georges est toujours impassible et tourne la tête. Il a une drôle d'impression, ces yeux, semble-t-il, lui rappellent quelque chose ou quelqu'un.

– Bonsoir Georges
– Bonsoir monsieur
– Non pas de monsieur entre nous, bonsoir Bernard c'est mieux !
– Toi ! Ici ! Et si bien habillé !
– Oui c'est bien moi ! Georges, il y a des mois que je veux te revoir. Ma mémoire n'a pas oublié le bout-en-train qui animait nos soirées au centre de formation. J'avais su ce qui t'était arrivé puis un grand vide.
– Oui Bernard, mais toi ici ? Pourquoi ?

– Viens donc avec moi au café de la gare, prendre quelque chose avec un café, je sais que tu as de gros problèmes et que tu ne manges pas tous les jours à ta faim.

– Mais si, ça va. Mais pourquoi Bernard ?

– Arrive.

Bernard se lève et se met devant George qui n'a pas bougé d'un millimètre. Bernard lui tend la main en l'invitant une fois de plus à le suivre. Au bout d'une minute Georges se décide enfin et se lève. Les deux hommes traversent la rue et entre au café. Le patron salue d'un air renfrogné et pas aimable, c'est vrai qu'il déjà fait sortir Georges deux ou trois fois les jours d'excès de boisson. Ils vont s'installer au fond de la salle à une petite table. Un serveur vient aussitôt prendre la commande. Les deux demis de bière et les croque monsieur sont sur la table rapidement. Georges n'a toujours pas desserré les mâchoires. Bernard l'observe d'un air attendri de le voir si diminué physiquement et moralement alors qu'il l'a connu si fort et joyeux

– Georges, je vois que tu vis toujours à côté des trains.

– Oui.

– Oui mais comment ? As-tu un toit ?

– J'ai toujours la petite maison de mes parents dans la campagne à quelques kilomètres. C'était une maison de garde-barrières, c'était le travail de ma mère. Le passage à niveau est désormais automatique et la maison va être rasée l'an prochain. Je ne sais pas où j'irai.

– Tu as quoi dans ton baluchon ?

– Toutes les deux ou trois semaines je retourne à la maison prendre du propre et je repars sur les chemins.

– Tu as des sous ?

– La petite pension d'invalidité que je touche à la poste tous les mois et je fais la manche de temps en temps.

– Pourrais-tu aller ailleurs ?

– Je viens de te le dire, dans un an je n'aurais plus de toit

– Et si je te propose un petit travail qui, je suis sûr, te plaira ?

– C'est que je ne suis pas bon à grand-chose

– C'est à voir.

– Quand même tu es un ancien copain et tu es patron pour venir m'embaucher ! Je n'y comprend plus rien.

– C'est pas tout à fait ça. On se retrouve ici demain à dix heures. Tu n'oublies pas !

Bernard règle l'addition en laissant un billet pour un autre demi pour Georges et demande que cette même table soit libre le lendemain matin pour eux. Georges n'a pas bougé, il est comme paralysé devant son assiette et son verre aux trois quarts vide. Il lève les yeux et suit du regard la silhouette de Bernard qui s'en va. Vingt minutes plus tard ; il marche dans la rue et s'éloigne vers la cave où il dort depuis une semaine.

Georges donne un coup de brosse sur son uniforme. Il se regarde dans la grande glace fixée entre les deux portes d'entrée. Il repense à la proposition de Bernard il y a maintenant presque six ans. Et il avait dit oui !. Quittant ses pensées, il sort sur le quai et regarde si tout est propre. Sa canne anglaise tape de façon régulière sur les pavés. Tout est prêt pour le grand jour. Il revient dans le petit hall et prend un chiffon pour frotter les quatre bancs en bois de chêne qui sont posés en carré en plein milieu. Un coup d'œil aux vitrines, rien ne manque. Il plonge la main dans sa poche et y prend le trousseau de clefs. Il ouvre les portes doubles qui donnent sur la place du village. Les parterres sont fleuris, les tables sont installées sur la terrasse du café en face. Il reste un long moment immobile puis revient dans le hall en refermant les portes derrière lui. Il se dirige vers le petit bureau vitré qui permet de voir en tous sens. Il s'installe dans le fauteuil devant la table et regarde à travers les carreaux. Jamais il n'aurait cru que la rencontre avec Bernard l'amènerait ici. Ce n'est pas son rêve de gamin mais presque, il est avec des trains qui roulent ! Ou plus exactement qui vont rouler, aujourd'hui c'est le premier jour de cette aventure pensée et créée par Bernard.

Il avait commencé à réfléchir à ce projet il y a maintenant plus de quinze ans alors que Georges était sur son lit d'hôpital. L'idée de le faire participer n'est venue que plus tard. Dans son projet il lui fallait quelqu'un qui connaisse les trains et à qui il ferait confiance. Tout est désormais en place et Bernard se demande seulement si Georges réussira dans sa fonction si importante. Bernard est la quatrième génération de cheminots dans sa famille : bientôt un siècle ! Son père était mécano sur les machines à vapeur et c'est lui qui sera de service ce soir, il est membre actif dans une association qui fait rouler des trains. Bernard avait lancé ce projet avec cette association et le lancement maintenant est une question d'heures. Le premier voyage touristique de nuit est prévu ce soir au départ de cette petite gare perdue dans les contreforts du Massif Central. Presque cinquante kilomètres de voies ont été restaurés et les essais et tests du mois dernier ont été concluants : le feu vert a été délivré. Les compte-rendus de presse et un reportage télévisé ont fait connaître cette aventure et les demandes de participer ont afflué aussitôt.

Georges regarde la pendule, il sait qu'il doit attendre encore un peu. Onze heures trente, la cloche d'annonce sur le quai tinte trois fois. Le téléphone sonne dans le bureau. Georges décroche, il reconnaît la voix de Bernard qui lui dit de se préparer, la rame a quitté le dépôt et l'arrivée est prévue dans cinquante minutes. L'échange entre les deux amis est bref, professionnel, Bernard a senti de l'émotion dans la voix de Georges. Douze heures quinze, la cloche tinte deux fois. Georges attendait avec impatience, il ferme le carré et claudiquant se dirige vers le passage à niveau au bout du quai. Il se prépare à pousser les barrières roulantes qu'il a repeintes la semaine dernière. Il attend quelques instants qu'un tracteur avec une remorque de foin traverse les voies. L'agriculteur le salue en passant et, levant le pouce, lui crie « à tout à l'heure ! » il est lui aussi heureux de cet événement. Deux coups de sifflets, de la fumée au loin, Georges tremble de tous ses membres. Deux ou trois minutes de calme puis le bruit de la machine se fait entendre, les rails vibrent. Le panache de fumée approche, la locomotive respire fort, crache de la vapeur, elle fume encore plus noir, le sifflet se fait entendre. Georges la voit déboucher de la courbe juste avant le passage à niveau attelée de six voitures rutilantes. Le sifflet est bloqué, on voit le jet de vapeur qui le fait chanter, les freins crissent et l'ensemble stoppe juste devant le carré. Georges regarde ébahi, heureux comme un gamin devant ses jouets au pied du sapin à Noël. Bernard descend de la première voiture et vient vers Georges qui lui tombe dans les bras en pleurant. Par quatre ou cinq fois, il le remercie encore de l'avoir fait venir ici et de lui donner ce travail. D'un geste Bernard essuie les larmes de Georges et lui demande si tout va bien.

– Oui, tout est prêt. Le matériel est dans l'ancienne salle d'attente, le café en face est d'accord pour le pot d'inauguration à dix-sept heures. J'ai préparé les panonceaux pour le stationnement des deux cars. Le maire est passé deux fois hier.
– Bon, c'est bien. Il y a quelqu'un qui veut te voir ; il est aux manettes, c'est mon père
– Dis donc, il va dépasser le temps de conduite autorisé par les syndicats !
– Il n'y en a pas ici, puis c'est bien prévu. La machine va rester jusqu'à ce soir en maintien faible pression. Au fait, à qu'elle heure arrive le traiteur?
– Comme tu lui as demandé. Il m'a même annoncé qu'il y aurait une surprise parce que c'est la première fois de sa carrière qu'il fait un tel service.
– Parfait. Bon, tu viens le voir ?
– Oui j'y courre avec ma canne !!

Il est quatorze heures quand Georges termine le service du déjeuner rapide de toute l'équipe. Le père de Bernard est aux anges d'avoir conduit sa 141 et, devant tout le monde, félicite son jeune chauffeur d'une vingtaine d'années, qui a bien pelleté le charbon pour maintenir la pression. Ils sont une douzaine autour de la table. Ils savent que tout à l'heure il faudra accueillir les cinquante participants de ce voyage inaugural. Une trentaine feront la totale avec la nuit complète dans les voitures couchettes.

Quinze heures. Une visite du train est faite par Bernard qui vérifie tout et revient satisfait. Il n'y a plus qu'à attendre. Avec Georges, il passe par le bureau et prend la liste des voyageurs. Ils sortent ensuite sur la place de la gare, la traversent et vont saluer le patron du café en face. Bernard montre des signes d'inquiétude, c'est l'aboutissement d'une dizaine d'années de démarches, de temps et aussi d'investissements financiers pour lesquels il a réussi à trouver beaucoup d'aides.

Une voiture noire suivie d'une voiture de gendarmerie arrive et s'arrête face à la gare. Les portes ont été bloquées par Georges en position ouverte. Il est seize heures. Il y a du monde qui arrive à pied, une dizaine de personnes sont groupées et parlent entre elles. Bernard qui a vu cette agitation sort du bureau et va au-devant du sous-préfet et du commandant de gendarmerie qui sont descendus de voiture. Il les salue et les invite à se rendre sur le quai. Le maire les a vus et presse le pas pour les rejoindre. Georges ouvre la porte côté quai et fait le guide. La machine ronronne toujours et crache un peu de fumée et de vapeur, la pression étant toujours maintenue. Ils sentent la chaleur en longeant la locomotive au niveau du foyer. D'autres personnes suivent : les élus du conseil municipal mais aussi le boucher, le boulanger, le facteur, toutes les forces vives du village ont tenu à être présentes pour cette résurrection.

Georges et le père de Bernard ont tendu un ruban tricolore entre les échelons de la machine et la rampe de maintien pour monter dans la première voiture. Le sous-préfet coupe le ruban puis en distribue des petits morceaux aux présents. C'est ensuite le moment des discours. Ils se retrouvent tous au café de la gare pour le pot officiel d'inauguration, il est dix-sept heures trente.

Dix-huit heures trente, un car stoppe devant la gare. Georges qui attendait dans le bureau l'a vu et sort aussitôt. Appuyé sur sa canne anglaise il va saluer le chauffeur et les passagers en leur souhaitant la bienvenue. Il a un sourire éclatant qui incite encore plus au voyage. Une douzaine de voitures se succèdent et se rangent sur la place. Georges guide tout le monde sur le quai où Bernard les invite à admirer leur train. Georges le rejoint et pendant plus de quarante minutes ils expliquent le déroulement de l'aventure que les candidats au voyage différent vont vivre.

Vingt heures. Chacun a trouvé sa place dans le train. Georges est sur le quai avec son drapeau vert à la main. Un grand coup de sifflet à roulettes, il agite le drapeau, le père de Bernard répond d'un coup de sifflet et dans un jet de vapeur le premier « tchououff » met en branle les bielles. Le convoi vibre et commence son périple. Deux arrêts pour franchir des passages à niveau puis un troisième dans une ancienne petite gare. Une camionnette attend sur le quai. Cinq personnes en descendent et chargent des colis dans la voiture restaurant. Le train repart à sa faible allure. Les voyageurs sont invités à s'installer à table pour un menu totalement local : pompe aux grattons, potée, piquenchâgne, et surprise : les petits pains ont une forme de locomotive ! Vingt-trois heures trente voit l'arrivée du convoi au terminus de la ligne. La 141 est dételée, avance d'une centaine de mètres et par les aiguillages vient s'atteler à l'autre bout de la rame pour un retour en roulant à l'inverse. Les voyageurs qui n'ont pas prévu ce retour rejoignent un car qui les attend devant la petite bâtisse en briques rouges. Le traiteur remporte son matériel sous les applaudissements des voyageurs. Le train s'élance vers le point de départ à sa petite vitesse. Dans les voitures couchettes, tout le monde s'installe. Les parents racontent aux enfants ces voyages faits il y a des années comme leur père pour rejoindre sa caserne à l'autre bout de la France ou même partir en vacances en famille. Il est presque quatre heures du matin quand c'est l'arrivée à la gare de départ. La 141 est dételée et va rejoindre son dépôt. Georges branche les câbles d'alimentation en électricité. Le voyage en train de nuit se termine immobile.

Huit heures, le hall est bruyant, des tables sont dressées et la trentaine de participants à cette première nuit en train historique apprécie les viennoiseries et le café ou le chocolat chaud qui les réveillent. Bernard fait le tour suivi par Georges toujours boitillant. Ils ne peuvent pas avancer tellement ils sont arrêtés par des « Merci ! On reviendra ! C'est formidable ! On va vous envoyer du monde ! »

Georges s'écarte en s'essuyant les yeux, Bernard le rejoint et ils tombent dans les bras l'un de l'autre en pleurant cette fois-ci à chaudes larmes sans retenue.

Le train à vapeur entre en gare
pour son premier voyage de nuit.

Le bruit de la canne

Depuis ce lundi, la chambre 666 a un nouveau locataire, plutôt une locataire. Comment la décrire ? Un petit bout de femme qui dépasse à peine le mètre cinquante et qui ne doit pas faire plus de quarante kilogrammes sur la balance. Ses cheveux sont une véritable tignasse comme une crinière de lion, frisés, emmêlés, ils sont d'une couleur indéterminée à mi-chemin entre le roux et le blanc, son peigne ne doit plus avoir de dents ! Elle avance courbée et appuyée sur une canne droite en bois sculpté avec des rubans multicolores autour de la poignée et trois cercles de brillants à mi-hauteur. Son arrivée a été scrutée par tous les résidents. Des anciens se sont réunis pour en parler et ils ont émis rapidement un jugement : « une femme seule dans la 666, il y aura des problèmes ! »

Claude est assis face à Richard. Le café est fumant dans les tasses. Ils se regardent et en quelques secondes la question arrive :

– T'as vu la nouvelle ?
– Ben Ouais. Elle est plutôt mal fagotée
– Ben moi je trouve qu'elle a une odeur
– Une odeur ?
– Ben ouais, une odeur de renfermé, on croirait que sa blouse verte n'a pas vu la machine à laver depuis deux ans au moins.
– T'as p'tête ben raison. C'est vrai c'que tu dis, j'réfléchis, bah... ouais pis p'tête ben aussi sa jupe plissée. J'ai ben cru y avoir vu une toile d'araignée.
– Ça a l'air d'une drôle de bonne femme, et pis t'as vu sa canne !
– C'est comme une de sorcière
– J'crai ben qu't'as raison
– Faudra qu'on en parle à la directrice
– Ouais, bon, on verra. Pour l'instant c'est l'heure d'sortir les cartes.

La vie tranquille et bien réglée de la résidence continue son petit train-train sauf aux abords de la chambre 666. Ses voisins sont souvent réunis dans l'une ou l'autre chambre et, dès qu'un bruit provient du couloir, l'un d'entre eux se lève, entrouvre la porte, sa tête dépasse, regarde à droite, à gauche puis rentre rapidement. Chacun est aussitôt informé de ce qui se passe. La discussion revient aussitôt sur l'occupante de la 666.

– Pour s'habiller, elle a vidé les malles d'une marchand d'piaux d'lapin !
– Ou elle a fait les poubelles !
– J'ai jamais vu une vioque comme ça, elle est frusquée comme un clodo et encore !
– Les gars, sa tenue c'n'est rin, l'pire c'est l'soir
– L'soir, quoi ?
– De vingt-deux heures à minuit, elle tape le sol avec sa canne, j'peux pas dormir
– T'as vu la directrice, tu lui as dit ?
– Bah ouais, elle est v'nue écouter mais comme par hasard rin, pas un bruit, comme si elle avait su !
– Moi j'ai une question.
– Quoi ?
– C'est-y ben elle qui paie sa pension ? Faudrait pas qu'ce soit nous qui payons pour elle !
– Et pis t'as vu comme elle bouffe ! Deux fois comme moi !

Il y a maintenant plus de trois mois que l'étrange locataire de la 666 est arrivée. Elle est au centre de presque toutes les conversations. La directrice a rassuré ses voisins, elle paie bien sans problèmes sa pension et elle a mis un embout en caoutchouc à sa canne pour faire moins de bruit. La sérénité de la résidence est pratiquement revenue sauf au sein du groupe de six, six hommes dont quatre au même étage que la 666.

Un après-midi, une nouvelle discussion s'engage entre eux au salon avant de commencer une partie de cartes. Ils n'ont pas remarqué la présence de la directrice dans la bibliothèque juste à côté et dont la porte est restée ouverte.

   – Tu t'rappelles il y a cinq ans ?
   – Quoi ? Où ça ?
   – Bah là-haut dans la 666.
   – Y a cinq ans j'n'étais pas là
   – Moi non plus. Bon y a eu quoi dans c'te 666
   – Bah, celle qui y était depuis trois ans y est morte
   – Bah, ça arrive à tout le monde un jour !
   – Pour ça j'suis d'accord, mais là c'n'était pas du tout pareil. El'tait à poil sur le lit et ses fringues tous bien rangés, repassés, pliés, dans sa valise ou dessus
   – Elle avait préparé son dernier voyage !
   – Andouille ! C'est aut'chose et ça a fait tout drôle à tout le monde.
   – Tout drôle ? Voir une morte c'est pas drôle ! C'est parc'qu'el'tait à poil ?
   – Justement ! c'tait point une femme mais un mec ! Personne n'a compris ! On la voyait tous coquette, bien peignée et maquillée. Ben comme

une p'tite vieille bien mignonne quoi ! On y f'sait la bise !

– Et pis après ?

– Ben y-z-ont attendu longtemps avant d'y r'mettre un locataire. L'dernier c'tait un artiste,un comédien. Tu t'rappelles Claude, on l'appelait De Funes, y f'sait toujours des grimaces.

– Ouais, j'me rappelle, et il est mort aussi. C'est la chambre du diable !

– Moi j'te dis, c'te femme j'la sens pas !

– T'as dit l'aut'jour qu'elle avait une odeur, donc tu la sens !

– Pas par l'nez ! l'cerveau qui va pas ! j'vous dis y va s'passer quèque chose !

– Arrête de penser, distribue les cartes.

La directrice sort de la bibliothèque comme si de rien n'était et fait le tour des tables pour regarder tranquillement les joueurs. La journée se termine comme les autres : dans le calme après le repas, chacun regagnant son studio et s'installe pour regarder la télévision.

Quelques semaines plus tard, en ce début décembre, la directrice demande à la locataire de la 666 de venir à son bureau le lendemain à seize heures. C'est l'heure à laquelle ses voisins sont au salon pour les jeux ou en promenade en ville. À quelques minutes de l'heure du rendez-vous, la porte de la 666 s'ouvre, la vieille dame en sort et part en tapant le sol de sa canne à chaque pas. Elle ne croise personne en chemin et attend dans le couloir à côté du bureau. Un visiteur entre, passe devant elle, la salue et s'engouffre dans l'ascenseur. Elle est restée de marbre. À seize heures pile la directrice ouvre sa porte et invite la vieille dame à entrer et s'asseoir dans le fauteuil face à elle devant le bureau. Elles sont seules et parlent pendant quarante minutes. La vieille dame repart et retourne dans sa chambre. Elle a tapé encore plus fort avec sa canne en esquissant plusieurs petits sauts. Elle a un grand sourire.

Le personnel est venu aider les résidents pour terminer la décoration du sapin de Noël dans le salon. Demain, un groupe d'une dizaine de chanteurs viendra distraire les résidents à la place des jeux. La directrice fait un tour et félicite tout le monde pour la beauté de ce qui est fait.

Le lendemain, vers seize heures, « Petit Papa Noël » de Tino Rossi clôt la prestation du groupe vocal. Les chanteurs saluent les résidents qui répondent par leurs applaudissements. Tous partagent la bûche. Le groupe des six est un peu à l'écart et ils commentent l'absence de la locataire de la chambre 666.

Une douzaine de jours plus tard, c'est le grand jour. Les résidents sont réunis pour le repas amélioré qui va se prolonger pour marquer le réveillon de la Saint Sylvestre. Le cuisinier leur a préparé plein de surprises et tous apprécient ce menu exceptionnel. Une table un peu à l'écart est restée vide, une petite enveloppe est posée à la place de l'assiette. Claude et Richard sont installés avec leurs amis habituels à la table juste à côté. Depuis le début des agapes, ils ont regardé en tous sens dans la salle de restaurant et n'ont pas vu la locataire de la chambre 666. Claude, au moment du fromage, se lève pour savoir ce qu'est cette enveloppe et ce qu'elle contient. Au moment ou il tend le bras pour la prendre, un grand bruit éclate à la porte d'entrée. Tous tournent la tête pour voir ce qui se passe. Quatre arlequins bondissants entrent en criant, faisant des roulades, traversent rapidement la salle. Ils s'arrêtent en tendant les bras en croix. Les résidents sont surpris, certains restent même avec la fourchette en main les dents en l'air piquées dans une bouchée . Un cinquième personnage fait alors son entrée juché que des échasses, un petit bossu avec un chapeau plein de grelots. Il fait des pirouettes pendants quelques minutes au milieu des arlequins. Leur spectacle durent une dizaine de minutes puis tous les cinq viennent auprès de la table restée vide. Claude est retourné à sa place. Le petit bossu avance et tend le bras pour prendre l'enveloppe sur la table, se recule et la tend à Claude en lui demandant de l'ouvrir et de lire à haute voix pour toute l'assemblée ce qui est écrit. Il hésite et ne comprend pas ce qu'on lui demande puis, il prend l'enveloppe et l'ouvre, sort une feuille de papier la déplie et lit :

« La chambre 666 est heureuse de vous avoir offert ce petit spectacle. La petite vieille a vendu son cirque il y a longtemps avant de venir parmi vous. Elle n'oublie pas ses soixante-dix ans de piste aux étoiles. Ma canne est celle d'un tambour major qui m'a aimé. Je pense toujours à lui est je suis contente de vous avoir diverti. Joyeux Noël et Bonne année à tous ! »

La petite vieille revient dans sa chambre

Tata,racontes moi…

Dans la ferme de l'autre côté de la Conie, la table et les cinq chaises sont installées sous les branches du vieux noyer. Les femmes sont réunies autour d'un album photo en ce lendemain de fête nationale. Gisèle du haut de ses quatorze ans demande à sa tante Berthe de lui raconter le départ de cet oncle, Tonton Rosaire, qu'elle n'a presque pas connu, dont on a mis ses restes en terre il y a cinq jours :

— J'ai été surprise de la cérémonie avec la bénédiction du curé de Dancy ;
— Tu n'as peut-être pas tout compris. Il m'a donné le texte de son homélie, je vais te la relire.
— Oui, je t'écoute tata

« Ce soir réunis autour du cercueil qui renferme ses restes glorieux, ramenés du front de Champagne, nous rendons

le suprême hommage à Rosaire Besnier, enfant de cette paroisse. Jamais la reconnaissance des générations futures ne se manifestera assez devant ces héros, arrachés par la mobilisation aux bras de ses parents bien-aimés. Oh oui ! C'est bien vers lui qui doivent aller en cette funèbre cérémonie et l'élan de notre gratitude et la sincérité de notre admiration. Ceux qui pieusement sont morts pour la patrie ont droit qu'à leur cercueil la foule vienne et prie. La Patrie ! Qui dira jamais assez – mes frères – ce qu'est la Patrie ! Pour tout homme, pour le soldat que nous pleurons, n'est-elle pas la terre, le pays qui l'a vu naître, le foyer domestique, où il a grandi avec des frères et des sœurs, d'un père et d'une mère tendrement aimés, honnêtes et vaillants ouvriers de cette terre à laquelle ils demandent la subsistance de chaque jour. Pour lui, la Partie n'étaient-ce pas ces champs immenses et féconds, ces chemins multiples, où il s'est ébattu avec des amis d'enfance, l'école où il a appris les premières lettres de l'alphabet, l'église où il a été baptisé, le pays, enfin, le pays natal, dont le souvenir se mêle à tout ce qui a réjoui ses premiers ans. C'est pour la défense de cette petite patrie qu'est le pays natal que Rosaire Besnier répondit présent à l'appel de la France en danger. Quatre années durant, il demeure sous la mitraille, supportant sans défaillir la dure vie des tranchées. Distingué de ses chefs, il est caporal. Désormais, il doit l'exemple et il le donne sans marchander. Son courage, son héroïsme lui mérite la Croix de Guerre que vous voyez épinglée sur son cercueil et c'est le 15 juillet 1918 à Villers sous Chatillon (Marne) au début de cette terrible mais admirable poussée qui devait nous apporter la victoire, que Rosaire Besnier consume son sacrifice, verse *glorieusement son sang pour cette chose suprême : la libération de la Patrie. Père et mère cruellement éprouvés, frères et sœurs de celui que vous aimiez en frère, montrez vous, une fois de plus, courageux en face de ce cercueil qui rappelle et ravive cette douleur immense qui fut la votre au mois de juillet 1918 à la lecture de cette dépêche fatale : « Rosaire Besnier est mort pour la France ». Conservez pieusement son souvenir, portez lui le tribut de vos larmes mais rappelez vous aussi que ce héros bien-aimé a une âme immortelle qui réclame vos prières. Unie à Vous, dans cette touchante cérémonie qui se déroule, la nombreuse et sympathique assistance de vos parents et de vos amis va faire monter vers le ciel cette ardent supplication : Seigneur, souvenez vous de votre serviteur Rosaire Besnier, tombé en combattant pour son pays, donnez lui, dans les splendeurs de la vie éternelle, le lieu des rafraîchissements de la lumière et de la paix »*

– Tata, j'ai compris, c'est un hommage à tonton. Pourrais-tu me dire quand il a reçu sa lettre pour partir ?
– C'était en août 1914. À ce moment là nous venions de finir la moisson. Il y avait je me rappelle trois meules rondes de grains, deux de blé et une d'avoine. Pour l'orge on l'avait rentrée dans le hangar au fond de la cour.
– Tata, tu faisais quoi, toi, à la moisson et tonton Rosaire ?

– Moi,je restais à la maison pour aider à la cuisine et la lessive. Rosaire menait les chevaux comme un charretier de métier. Il avait commencé à les mener à onze ans. Après son départ tout a changé. Les filles, nous, on a du apprendre à notre tour à mener les chevaux, à les bichonner et s'occuper de leur harnachement.

– C'est quoi ?

– Ce sont toutes les pièces de cuir pour que les chevaux tirent les charrettes et aussi pour qu'on leur donne les ordres en les tenant par la bride.

– Oui, je comprend ce que c'est. Tonton, il vous disait ce qui passait où il était pour se battre ?

– Non. Ça il n'en parlait pas, sans doute qu'il avait peur de nous dire la vérité.

– Le curé a parlé de la Marne,

– Oui c'est le département où Rosaire se battait.

– Alors, ce n'est pas les champs de bataille qu'on a vu depuis le train au mois de juin 1919. C'était affreux ce qu'on voyait.

– Je suis d'accord avec toi, mais pour nous, ce dimanche nous a permis de savoir ce qui c'est passé entre nos soldats et les allemands. Tu le comprendras plus tard. Ces quelques heures de train qui nous ont conduits de la gare du Nord de Paris jusqu'à Lens et Arras resteront dans la mémoire de tous jusqu'à notre mort.

– Je sais, tata, et je devine que ce n'était pas facile pour vous à la ferme. Là-bas j'ai vu des gens pleurer en descendant de ce train spécial et d'autres en prenant un   morceau de pierre au pied d'un mur écroulé. Il y en avait qui l'embrassait avant de l'envelopper dans leur mouchoir et de le mettre au fond de leur poche. Au fait, tata, Tonton il écrivait souvent ?

– Ce n'était pas souvent, une fois tous les deux mois, sans doute quand il avait une période de calme et de repos.

– Il parlait de ce qui se passait ?

– Non. Moi j'ai toujours cru qu'on l'obligeait à ne rien dire. Quand je lui faisais une lettre je ne lui parlais que de la vie de tous les jours, l'avancement de la moisson, la naissance d'un veau, la vente de trois poules au maire… tu vois, ça ne voulais rien dire.

– Tata, au fait, tu ne me parles pas de toi ici. Tu m'as dit que tu remplaçais tonton Rosaire pour mener les chevaux, que faisais-tu d'autre ?

– Quand il est parti, il y avait trois ans que notre autre sœur, ta tante Marie, s'était mariée et on devait l'installer dans la ferme de Secouray où on est aujourd'hui. Maman, ta grand-mère Jeanne, avait aménagé les deux pièces qui sont à droite de l'escalier qui descend à la cave. Ce n'était pas grand et ils auraient eu leur chez eux. Mais ils sont partis à la ville. La porte à coté c'est toujours la soue pour le cochon qu'on mange à l'entrée de l'hiver.

– Ça devait être dur ?

– Tu sais, j'ai pleuré longtemps quand il est parti mais maman m'a secouée pour que je travaille et que les vaches et tout le reste continue à vivre. J'ai compris rapidement que ce serait moi qui permettrait à tous d'avoir à manger. Ma sœur n'est pas revenue et j'étais les seuls bras de la ferme.

– Tata, as-tu vu ou revu à ce moment là des anciennes copines d'école ? Et que faisaient-elles ?

– Ici on ne voyait que nos voisins et de temps en temps j'ai revu deux filles qui s'étaient mariées avec des ouvriers de la ville.

– De Châteaudun ?

– Oui. Une a perdu son mari dès le début de la guerre et elle est revenue chez ses parents dans leur petite maison du hameau du Bois. Elle ne savait pas quoi faire. Depuis elle travaille dans un atelier de couture.

– Et l'autre ?

– Je n'aime pas trop en parler. Elle a travaillé dans un café et n'est pas restée sage. Son mari, après l'armistice est revenu avec une jambe raide et a quand même accepté de la reprendre.

La grand-mère, Jeanne, a écouté sans rien dire. Elle pose son tricot et se lève puis part vers la maison. Elle revient quelques instants avec des verres, une bouteille de cidre bouché et une tarte aux pommes qu'elle avait fait le matin. Elle fait un deuxième voyage avec des assiettes et un couteau.

– Tu nous parles de ces choses que beaucoup veulent oublier. Crois-tu que ça intéresse Gisèle toutes ces histoires de guerre ?

– Grand-mère, c'est moi qui ai demandé et j'écoute avec attention. J'ai compris que les combats dans les tranchées étaient horribles et que les soldats comme tonton Rosaire ont vu des choses effrayantes avec des blessés et des morts.

– Tu as vu les noms sur le monument aux morts. J'ai connu tous ces gars là. Ils devraient être aux champs à la moisson aujourd'hui. Il y en a un, Gaston, qui est venu me voir lors d'une permission et il m'a donné le journal qu'il écrivait avec ses collègues dans la tranchée pour se passer le temps et qu'ils envoyaient de temps en temps à leur famille en leur demandant de l'argent. Ils y écrivaient ce qui se passait dans leur trou ou une pensée. Attends, je vais le chercher, il y a un poème sur les permissions.

– Pourras-tu me le laisser le lire après ? j'y ferais attention avant de te le redonner.

– Oui, bien sûr. Je vais le chercher, je sais où je l'ai rangé dans l'armoire.

– Bon, le voila. Je cherche, c'est là, en dernière des quatre pages. C'est un nommé Marc Graf qui a écrit ça dans un journal appelé « Le plus que

Torial » C'est le n° 16 du 28 février 1917. Je te le
lis :

« *Ballade de la Perme* »

Un coup de brosse et nous partons,
À nos cheveux, un coup d'étrille,
Un coup de rasoir aux mentons,
À nous l'horizon, la famille,
Tant pis pour ceux que nous quittons !
Sur les chemins, cheminons ferme,
Au grand train de nos ripatons;
Le colon a signé la « perme »

Mon Dieu ! Oui, l'on s'en va ! Chantons !
Mais avant que l'on s'égosille,
Pensons à ceux que nous laissons,
Que la mort, comme une faucille,
A couché sur les mamelons,
Ou dans la sape qui se ferme,
Pensons à nos morts et… filons ;
Le colon a signé la « perme »

Un pleur ! Un souvenir !… Mettons
Comme une lueur qui scintille

Sur la terre où nous nous battons.
Le cœur est serré mais l'œil brille :
Bandit du Pressoir nous jurons
De mettre à vos ébats… un terme !
Mais, notre train siffle,… hâtons ;
Le colon a signé la « perme »

Envoi.
Puis nous vous reviendrons, Teutons,
Pour vous caresser l'épiderme,
À grand coup de nos mousquetons,
Quand nous aurons fini la « perme » !

– Dis-donc grand-mère, d'après ce qu'il écrit ce soldat ; il voulait à tout prix se battre !
– Oui et c'est ce qui faisait le plus de mal aux femmes qui n'avaient pas de nouvelles ou qui voyait leur homme, mari ou amoureux, repartir au bout d'une semaine de cette fameuse perme.
– Dis Tata, depuis que tu as su que tonton Rosaire avait été tué, sais-tu si un jour tu pourras encore vivre avec un homme ?

Tata éclate en sanglots.

Les textes en italique sont des documents d'époque : l'homélie du curé de Dancy dans l'église de Nottonville (Eure et loir). La poésie « La perme » est extraite d'un livre qui collationne tous les journaux de guerre. Le train « touristique » des champs de bataille étaient organisé par la Compagnie des Chemins De Fer Du Nord. - brochure en ma possession – Les derniers kilomètres entre Lens et Arras étaient parcourus en voitures découvertes.

Tata racontes moi a été créé pour l'association Au Fil des Mots de Fleury les Aubrais (Loiret) pour participer au projet « la voix des dames », paroles de femmes pendant la guerre de 1914-1918.

Il y a pratiquement un monument aux morts dans chaque commune de France.

La petite boite aux souvenirs

Le soleil darde ses rayons depuis déjà une heure. Ils se reflètent sur l'eau du fleuve. Un bruit de moteur au rythme lent se fait entendre, enfle puis passe. Un clapotis vient frapper la berge. La barge chargée de voitures remonte tranquillement le courant. Son chargement est multicolore. Ce mélange de bruit de moteur et de petites vagues éveille Charles. Il ouvre un œil puis l'autre. Il allonge le bras droit au-dessus de sa tête. Il étire chacun de ses membres l'un après l'autre.Il écarte la couverture élimée en tissu écossais qui le protège quand même des fraîcheurs de la nuit. Charles se tourne sur le côté, s'appuie sur le coude et se lève. Il a du mal à déplier son mètre quatre-vingt-dix. Il a les muscles et le dos endoloris : le confort du banc de pierre est plutôt ferme. Il se masse le cou et les jambes. Il se rappelle ses années sous l'uniforme de légionnaire lors des crapahuts par le monde et surtout en Afrique, les bivouacs n'étaient pas plus confortables. Son regard se porte sur la barge qui s'éloigne. Son sac à dos est entre ses pieds, il le tire et dénoue le lacet qui le ferme. La tête penchée, il cherche du regard, un regard vide, quelque chose dans le sac. Il sort une veste, une chemise, et plonge la main au fond. Il esquisse un sourire en ayant, bien serré entre les doigts, son porte-monnaie au ventre bien gonflé. Il le rapproche de son visage puis le posant sur le banc l'ouvre pour compter les pièces qu'il contient. Elles sont bronzées ou blanches. Il les étale toutes et commence à compter : « deux, trois… cinq, six…Mais c'est quoi ces pièces de couleur jaune cuivré avec marqué «cent», on dirait des pièces comme avant, les centimes ! » Charles ne comprend toujours pas pourquoi maintenant il faut payer en Euro, il est en France et il a bien connu les francs.

Des cloches sonnent neuf coups. Charles fait un bond « Déjà cette heure là ! » Il rassemble son maigre paquetage et part vers le centre ville tout proche. Pendant cent mètres il longe le quai puis tourne à gauche. Il regarde au loin et aperçoit quelques personnes qui font la queue devant la boulangerie. Il n'est pas à l'heure pour prendre son poste ! Charles presse le pas, soulève son chapeau, passe la main dans ses cheveux puis repose son chapeau qu'il a redressé. Il est arrivé. Il y a trois semaines qu'il a choisi cette place. Le quartier est calme et bourgeois. Trois femmes qui attendent devant la boutique le regarde poser son sac, sortir sa timbale et son petit écriteau « à votre bon cœur, merci ». Charles, en homme poli, leur fait un grand bonjour et s'assoit. Deux dames lui répondent, la troisième, d'un air hautain tourne la tête et pousse la personne qui est devant elle pour entrer dans la boutique. Son écriteau est posé contre le sac, la timbale l'empêchant de glisser. À midi moins le quart, Charles voir arriver une petite grand-mère, le dos voûté, qui marche lentement appuyée sur sa canne. Il la salue en soulevant son chapeau en lui proclamant un sonore « bonjour madame ». La grand-mère, comme à chaque fois, lui répond avec le sourire en le traitant de petit chenapan. Charles sait qu'il aura de sa part un croissant quand elle partira avec son pain.

Treize heures ont sonné au clocher. La boulangerie ne va pas tarder à fermer sa porte. Charles prend sa timbale et compte les quelques pièces qu'il a récoltées. Cinq euros. Une matinée pas trop mauvaise surtout avec son croissant bien croustillant. Il range tout son matériel, s'empresse de suivre le dernier client de la matinée et entre dans la boutique. Il regarde les vitrines. Il reste deux casse-croûte. La serveuse, qui désormais le connaît bien, lui demande ce qu'il veut. Sa réponse indique bien sûr les casse-croûte qui restent. Un sourire et il est servi en ne payant qu'un seul des deux. Charles sort et prend la direction de l'église Saint Nicolas. Il marche pratiquement vingt minutes avant de voir le clocher. Il sait qu'il y a dans le parc au moins un banc à l'ombre des arbres. Sous le regard de promeneurs, il mange tranquillement.

Quinze coups résonnent dans le clocher et réveillent Charles qui avait commencé une sieste ayant le ventre plein. Il ramasse les papiers qui emballaient les casse-croûte et le croissant et les jette dans la poubelle à proximité du banc. Il se harnache de son sac à dos et part vers l'église. La porte est ouverte, il la pousse et entre. Charles fait trois pas, tend la main vers le bénitier, trempe la main dans l'eau et fait le signe de croix. Il avance lentement jusqu'au chœur et s'assoit face à l'autel. Il se prend la tête entre les mains et ne bouge plus. Il prie sans doute. Un bruit de pas derrière lui attire son attention. Charles tourne la tête. C'est un curé qui vient. Charles se lève et fait un pas vers l'homme d'église qui s'arrête net.

– Bonjour monsieur le curé. Hoo ! Pardon! Heureux de vous revoir père Maurice.

– Bonjour monsieur. Bienvenue dans notre église. Qui êtes vous donc pour me connaître ?

– Je suis Charles. Vous veniez d'arriver ici quand je suis parti sous la contrainte.

– Je suis là depuis bientôt vingt ans !

– Oui, dix-neuf exactement au mois d'octobre.

– C'est précis. Mais Charles, ce prénom ne me dit rien.

– J'ai effacé de ma vie tout le reste. Peut-on aller au confessionnal ?

– Suis-moi mon fils.

Un quart d'heure plus tard Charles quitte l'église en serrant fort les deux mains du père Maurice en le remerciant. Il met dans sa poche un papier plié en deux, fait le signe de croix et une génuflexion avant de franchir la porte.

Charles est revenu faire la manche devant la boulangerie. Il a changé de vêtements, il est rasé de près. Il a même eu une coupe de cheveux. Il ne vient que le matin et après un achat à la fermeture à treize heures il part. La petite grand-mère qui lui offre le croissant réussit maintenant à parler avec lui. La présence de Charles l'intrigue, il n'est pas un SDF comme on en voit un peu partout : il est propre, poli et il n'interpelle aucun des clients de la boulangerie. Il est toujours souriant mais son regard profond cherche quelque chose, il essaye de lire sur le visage de ceux qui passent.

Ce matin là, Charles n'arrive qu'à dix heures passées. La petite grand-mère est déjà revenue chez elle. Inquiète de ne pas l'avoir vu, elle décide de revenir un peu avant midi pour lui offrir son croissant. Charles la voyant venir se lève et va au devant d'elle. La petite grand-mère s'arrête, surprise. Elle sort de son sac le croissant et lui tend. Charles se tient droit à un mètre d'elle, tend le bras et prend le croissant. Il ne bouge pas d'un millimètre et regarde la petite grand-mère dans les yeux puis au bout de dix secondes lui demande :

– Je ne comprends pas pourquoi vous me gâtez avec ce croissant tous les jours !

– C'est ce que tu mangeais avec un chocolat chaud il y a bien longtemps !
– Oh !!!!!
– Oui je suis sûre, devines qui je suis !
– Vous ! Vous ! Vous êtes tante Germaine ?
– Oui mon petit Charles.

Charles se recule de deux pas et fixe la petite grand-mère dans les yeux. Il tremble de tous ses membres. Il essaye de parler mais rien de sort, les mots restent coincés au fond de la gorge. Enfin il réussit à susurrer

– Vous ici !
– Je n'ai fait que traverser le fleuve, et toi ?
– Moi, ce sont les océans que j'ai traversés. C'est une longue histoire.
– Viens manger à la maison, tu me raconteras.
– Non, pas aujourd'hui, plus tard. Je suis revenu pour la vérité. On se donne rendez-vous ici, un jour prochain.
– Comme tu veux. Je n'en parle à personne.
– J'ai confiance en toi Tata.
– Quelqu'un d'autre sait que tu es là ?
– Le père Maurice mais en confession.
– Moi, j'ai reconnu ton regard et ta petite cicatrice au coin de la lèvre. J'attendais que tu parles le premier. À bientôt donc, quand tu le décideras.

– Oui, merci tante Germaine. Au revoir. Viens dans mes bras, je t'embrasse.

Charles a repris ses habitudes de faire la manche le matin devant la boulangerie puis de partir après avoir mangé un casse-croûte ou des viennoiseries selon la générosité des clients. Ils sont maintenant habitués à sa présence. Quelques uns s'interrogent sur son identité et pourquoi on ne le voit pas dans l'après-midi. Autre chose, ils sont comme tante Germaine, il y a des choses qu'ils ne comprennent pas : il n'est pas comme les autres SDF qu'ils rencontrent en ville, « leur clochard » est propre, rasé de près et il change de vêtements souvent. Même des enfants viennent le saluer ou lui donner une petite pièce. Il fait partie du paysage. Charles va tous les jeudis à l'église voir le père Maurice. Ils parlent ensemble en dehors de la présence de qui que ce soit, des tête-à-tête qui parfois durent plus de trois heures. Cette semaine, le père Maurice n'est pas seul quand Charles ouvre la porte de l'église.Un homme aux cheveux blancs est assis à proximité du confessionnal. Il a posé sa casquette sur le banc à côté de lui, une casquette de marin. Sa veste bleue ferme avec des boutons métalliques dorés. Il ne bouge pas quand il entend Charles marcher dans la nef et venir jusqu'au chœur. C'est là que le père Maurice attend chaque jeudi Charles. Les deux hommes s'agenouillent côte à côte et prient de concert. Le père Maurice se lève et se tourne vers Charles. Il le fixe dans les yeux et l'invite à le suivre. Charles se lève à son tour et emboîte le pas derrière le père Maurice. Il le rattrape et lui prend la manche.

– Je ne veux pas aller en confession !
– Non ce n'est pas là qu'on va. Regarde plutôt là, il y a quelqu'un qui veut te voir.
– Me voir ?
– Oui, c'est moi qui l'ai fait venir. J'ai réfléchi depuis notre première rencontre et ta confession. Je vais t'aider à trouver ce que tu cherches. Et la personne qui est là vient pour ça aussi. Trop de choses ont changé depuis que tu es parti. Tu as dû t'en rendre compte. Regarde la ville, elle n'est plus la même.
– Oui. Merci père Maurice, mais je ne vous ai rien demandé.
– Nous, les prêtres, nous sommes sur terre pour aider notre prochain. Dans ce que tu m'as dit et ce que je me rappelle, il y a une injustice. Si je peux t'aider à la réparer, je suis là. Viens, nous allons tous les trois au presbytère.

Le père Maurice s'arrête devant l'homme aux cheveux blancs et l'invite à les suivre. Charles est resté en retrait puis leur emboîte le pas. La sonnette de la porte d'entrée fait venir Jeanne, la bonne. Le père Maurice lui demande d'apporter la cafetière et des tasses dans le salon où il guide Charles et l'homme. Celui-ci retire sa casquette qu'il avait remise en sortant de l'église. Charles s'installe dans un fauteuil crapaud face au prêtre et à l'homme aux cheveux blancs. Qui est-il ? Il le dévisage, son regard va de sa tête à ses chaussures noires et brillantes avec des boucles dorée. Sous la veste il voit une chemise bleu clair comme celles de l'armée ou de la gendarmerie. Leurs regards se croisent, le père Maurice les observe puis tente de détendre l'atmosphère en présentant l'homme à Charles.

– Charles, qui est là, est de retour dans notre ville. Nous ne sommes pas nombreux à nous rappeler ce qui s'est passé il y a vingt ans. Charles cherche la vérité. Je crois que vous allez pouvoir l'aider un peu.

– Bonjour Charles. J'ai eu en main des papiers de ton affaire qui n'est pas une affaire ordinaire.

– Mais qui êtes-vous ? J'ai beau vous regarder sous toutes les coutures, je ne me remets pas la personne qui est face à moi.

– C'est normal, tu ne m'as jamais vu. Je ne suis arrivé dans cette ville qu'il y a une dizaine d'années.

– Et que faisiez vous ?

– J'étais dans un uniforme de gendarme. Je suis en retraite depuis l'an passé. Avant d'atterrir ici j'ai fait presque le tour du monde en ayant été muté de l'autre côté de l'Atlantique ou même en Polynésie.

– Alors sans savoir qui j'étais, vous avez entendu parler de moi ?

-- Pas entendu, mais j'ai lu . Et je n'ai pas compris. Que cherches-tu aujourd'hui ?

– Mon secret. Je dirai au père Maurice quand je voudrai parler avec vous. Vous savez ce que je cherche, alors si vous pouvez en savoir plus que ce que vous avez lu, nous nous reverrons. Merci mon père pour cette rencontre, je reprends mon chemin. Mon chemin de recherche et je sais que je vais trouver un jour ou l'autre.

Charles finit de boire sa tasse de café, remercie le curé et l'ancien gendarme et s'en va tranquillement. Avant de sortir, il passe par l'office et va voir Jeanne. Il lui demande si c'était bien elle la petite et jeune Jeanne qui avait succédé à la mère Georgette au presbytère. Après sa réponse positive, Jeanne rougit quand Charles lui fait une bise sur la joue. Il lui promet de revenir.

Il y a déjà un mois que tante Germaine a reconnu Charles. Ce matin il lui annonce qu'elle ne le verra plus faire la manche devant la boulangerie. Il est passé à la poste et sa pension est enfin arrivée.

– Je commence à vivre normalement ma tante. Depuis une semaine j'ai trouvé une petite chambre pour dormir. Elle est à deux pas de l'église, sous les toits.

– Sous les toits, un bon endroit pour toi ?

– Le passé est loin. Je te remercie de tes paroles. On va se revoir dans quelques temps. Quand j'aurais trouvé, je viendrais te le dire.

– Viens ici petit chenapan que je t'embrasse, ne fais pas de bêtises !

– Non, rassure toi. À bientôt. Et rassure aussi la boulangère, elle a été tellement gentille avec moi. Allez, au revoir !

Charles quitte sa tante qui entre dans la boulangerie. Il traverse le pont sur le fleuve de son pas lent et régulier. Il ne voit pas les gens qu'il croise. Dix heures sonnent au clocher. Arrivé au-dessus du quai, Charles s'arrête et regarde vers le fleuve. Deux péniches se croisent, les mariniers se saluent. Les souvenirs remontent, Charles reste immobile, le regard dans le vide pendant un moment puis il se décide à prendre l'escalier de pierres qui descend jusqu'au bord de l'eau. Cinq péniches sont amarrées. Charles avance et regarde leurs noms. Il y en a deux qui l'intriguent. Il s'arrête pour voir s'il y a de la vie à bord. Personne dans la première, par contre, une femme astique les vitres du carré dans la seconde. Elle aperçoit Charles qui s'est arrêté au pied de la coupée. Elle sort du carré et l'interpelle :

– Vous cherchez quoi ? Du travail ?

– Non. Il y a longtemps que vous êtes sur cette péniche ?

– C'est celle de mon père. Il est mort il y a six ans et j'ai repris la roue.

– Puis-je monter ?

– Oui. Vous m'intriguez avec votre question.

Charles monte à bord en tenant les cordes de chaque côté de la coupée et salue la femme en lui serrant la main fortement entre les deux siennes.

– Bonjour, je m'appelle Charles. Ne seriez-vous pas Chantal ?

– Oui, c'est mon prénom. Je ne vous connais pas et pourtant je sens quelque chose de bizarre en vous voyant et en entendant votre voix.

– Je suis descendu jusqu'au Havre sur cette péniche il y a bien longtemps. Vous étiez une gamine blonde qui aimait jouer, courir, sauter…

– Je ne me rappelle pas. Il faudrait demander à ma mère. Elle est à la maison des mariniers à Conflans.

– Merci Chantal. Si tu la vois, parle lui de moi. Moi, j'irai la voir dans peu de temps. Tu ne parles à personne de notre discussion. À bientôt et bon voyage.

– Nous attendons que la bourse nous donne du travail, il y en a moins maintenant.

Charles rejoint la terre ferme et fait un au-revoir de la main à Chantal. Il a un large sourire. Son puzzle se reconstitue petit à petit. Il reprend sa marche en suivant le cours du fleuve. Au loin, il voit les grands arbres qui limitent un endroit qui lui fait remonter des souvenirs. Il décide de retraverser le fleuve. Il monte les quelques marches de pierres pour rejoindre la rue qui passe au-dessus. Il longe les immeubles en suivant le trottoir. Une terrasse de café, une autre, celle d'un restaurant déborde sur les pavés sous les charmes. Il regarde les menus affichés. Il fait la moue puis reprend son cheminement tranquille. Il continue pendant une heure, c'est l'heure où il n'y a personne dans les rues : ils sont à table. Charles arrive à cet endroit qu'il a bien connu. Il tend l'oreille. Un bruit de galop lui parvient. Le grand portail est fermé. Il devra faire le tour. Charles fait une dizaine de mètres puis s'arrête. Il fait demi-tour et retourne tranquillement à sa chambre.

Pendant trois jours, Charles n'est pas allé en ville. Il est juste descendu au boulanger et à l'épicerie pour s'acheter à manger. Hier matin en revenant il s'est arrêté devant une boutique de vêtements, il y reviendra pour une veste et un pantalon. Il ne veut plus rester habillé comme lors de son arrivée, même si on lui a fourni des vêtements par le biais du père Maurice. Il veut désormais se fondre dans la foule. Il est las des têtes qui se tournent sur son passage.

Mercredi. Charles s'est levé de bonne heure. Dès six heures, il est près des halles où les camelots installent déjà leurs étals. Il a rabattu son chapeau pour cacher ses yeux et observer sans être reconnu. Il entre face au secteur des poissonniers. La glace est étalée sur un bonne épaisseur et les bars ou les truites sont rangés dessus côte à côte. Le bac de crevettes est posé en extrémité. Dans moins d'une heure, tout le choix sera présenté aux clients. Charles a porté son regard sur les poissons mais aussi sur les vendeurs. Il continue son tour de marché par les secteurs de la viandes et des fruits et légumes. Par deux fois il s'est arrêté puis est reparti plus loin pour mieux observer un visage ou une stature. Charles pense avoir trouvé un petit élément de son puzzle. Il n'est sûr de rien et sort de la halle. Il va s'installer à la terrasse du bar du centre qui est face à l'entrée principale du marché couvert. Il commande un café et achète un journal. Il voit les gens passer juste devant lui et franchir la rue par le passage-piéton. Il observe à demi-caché par les pages du quotidien qu'il tient déployé. Il boit son café à petites gorgées. Trois quart d'heure plus tard, il commande un deuxième café. Il fait preuve de patience comme on lui a appris lors des surveillances dans les postes avancés dans la brousse.

Dix heures sonnent au clocher. Charles plie légèrement son journal en portant son regard sur une jeune fille vêtue de rose. Ses cheveux longs attachés en queue de cheval sont blond foncé. Elle est seule et entre sous la halle. Charles se lève aussitôt et paye ses consommations. Il fait quelques pas sur le trottoir. Il sent une intense émotion monter, il est en sueur. Il cache ses mains dans ses poches : elles tremblent. Il reste sur le trottoir à faire les cents pas avec toujours le regard vers la halle. Vingt minutes plus tard, la jeune fille sort, elle tient à la main un sac plein de provisions. Elle se dirige vers le centre ville et la gare. Charles se mets en marche en restant sur l'autre trottoir et avance en même temps que la jeune fille. Un carrefour, une rue à traverser, Charles suit. Cette filature se poursuit jusque de l'autre côté de la ligne de chemin de fer. Charles craint de se faire repérer et laisse plus de distance entre lui et la jeune fille. Elle passe sous le pont et prend à droite. Charles presse le pas pour traverser le pont à son tour et, en tournant pour suivre le chemin de la jeune fille, il se retrouve face à elle, droite bien campée sur ses jambes. Charles s'immobilise surpris. La jeune fille lui dit aussitôt d'un air prêt à bondir ou à se sauver en courant:

    – Que me voulez-vous à me suivre ainsi ?

    – Ne craignez rien. Dites-moi seulement si vous êtes née il y a dix-neuf ans et demi

    – En quoi mon âge vous regarde ?

    – C'est une longue histoire. Le prénom de votre mère est-il Christiane ? Vous ressemblez comme deux gouttes d'eau à Christiane. Répondez-moi ou pas, c'est votre choix.

    – C'est qui cette Christiane pour vous ?

    – Excusez-moi.

Charles se retourne en cachant son visage dans les mains. La jeune fille le voit même pleurer avec quelques gros sanglots qui le secouent.

– Qu'est-ce qui vous arrive ?
– Rien l'émotion de vous voir et d'attendre votre réponse.
– Et que se passe-t-il si je dis oui à votre question ?

Charles regarde la jeune fille et balbutie quelques mots incompréhensibles, tend les mains, se reprend et entre deux sanglots lui dit à voix basse :

– Si ta maman est bien la Christiane que je crois, celle que j'ai connue et qui te ressemble tant. J'ai même crû que c'était elle. Si c'est bien elle et bien, heu… comment te dire…. Tu as devant toi ton père...
– Quoi !!! Vous êtes fou !
– Non.
– Pourquoi êtes vous ici aujourd'hui ?
– C'est une très longue histoire. Si tu veux la connaître, si ta maman est bien ma Christiane, viens avec elle demain à l'église à quatorze heures.
– Quelle église et pourquoi à l'église ?
– Je suis resté pieux et je veux que la vérité soit dite en un lieu que tout le monde respecte. C'est l'église Saint Nicolas. J'y serais. Au revoir. À demain.

– Je ne sais pas ? Au revoir monsieur.

La jeune fille fait demi-tour et s'en va pressant le pas, elle tourne plusieurs fois la tête pour voir si Charles la suit. Il est resté immobile et la regarde s'éloigner. Il s'essuie les yeux avec son mouchoir. Il n'a pas vu qu'un peu plus loin, à une fenêtre en face une femme les regardait. Il repart et traverse à nouveau le pont de son pas lent, il a l'air triste. Il va directement à l'église et y reste un petit moment. Il voit le père Maurice et lui explique ce qui vient de se passer et son rendez-vous du lendemain. Le curé lui propose qu'ils se retrouvent plutôt au presbytère autour de la table, les quelques bigotes ou chrétiens qui viendraient à l'église n'ont pas besoin de les entendre. Charles approuve et rentre chez lui dans sa petite chambre. Dès son arrivée il pose son sac sur le lit et le vide entièrement. Il trouve au fond cette petite boite rectangulaire, si précieuse pour lui, entourée d'un morceau de tissu rouge et ficelé de nombreux tours d'un fin ruban de la même couleur. Il la pose sur la table et commence à dénouer les nœuds. Ses mains tremblent ? Les larmes coulent sur ses joues. Il arrête de dérouler le ruban. Il s'allonge sur le lit et pleure à chaudes larmes.

Il a peut-être reconstitué son puzzle.

Il est à peine neuf heures. Charles arrive devant la boulangerie qui avait accepté sa présence quand il était revenu dans cette ville. Il entre saluer la boulangère et les habitués qui attendent d'être servis. Ils lui demandent ce qu'il devenait et de quoi il vivait ne le voyant plus faire la manche. Il explique que maintenant il touche une pension et qu'il a trouvé une chambre pour vivre un peu comme tout me monde. Il attend dehors un petit moment avant de voir la petite grand-mère, sa tante Germaine, arriver en tapant sa canne sur les pavés à chaque pas comme à son habitude. Elle s'arrête à quelques pas de son neveu et l'interpelle :

   – Oh !!!! Toi ici, c'est que tu as des choses à me dire.
   – Oui ma tante.
   – Et à voir ton visage rayonnant de joie c'est sans doute une bonne nouvelle !
   – Je le saurai exactement cet après-midi à quatorze heures à l'église Saint Nicolas.
   – Veux-tu que je vienne ?
   – Oui et non. Si tu viens, tu ne bouges pas, tu regardes seulement, on pourra se voir après.
   – Après quoi ?
   – Une rencontre.
   – Oh ! Quel mystère !
   – Non, ce n'est pas mystérieux, c'est la vie, peut-être une nouvelle vie.
   – Alors à tout à l'heure, j'irai là-bas prier pour toi.
– Viens ici dans mes bras, que je t'embrasse.

À treize heures Charles se fait une beauté : un coup de peigne dans les cheveux, un coup de brosse sur son chapeau et sa veste sans oublier un coup de chiffon sur les chaussures. Il regarde une fois de plus, les yeux embués, sa petite boite rectangulaire, lui fait une bise et la glisse dans la poche intérieure de sa veste. Il est prêt. Il a du mal à marcher lentement pour rejoindre l'église. Sans être pressé, il lui faut environ trente minutes pour ce parcours. Aujourd'hui en vingt minutes, il est déjà sur le parvis de l'église. La lourde porte est entr'ouverte. Il pousse le battant et va s'installer dans le chœur sur un banc du côté droit. Il pourra voir les personnes qui entrent. Il a au moins une demi-heure à attendre. Il se met la tête entre les mains et prie. Un bruit de pas l'interrompt. C'est tante Germaine qui entre à petits pas et va s'asseoir tout au fond au plus près des fonds baptismaux. Un autre bruit de pas quelques minutes plus tard. Il reconnaît la silhouette du gendarme retraité. Charles se dit que le père Maurice a dû le prévenir. Une porte grince à côté de l'autel., celle de la sacristie. Le père Maurice entre à son tour et vient serrer les mains de Charles. Le curé traverse le chœur et va s'asseoir sous la chaire. Le silence devient pesant pour Charles. Sa main plonge dans la poche intérieure de sa veste et serre la petite boite. Il lève la tête et cherche le regard de sa tante ou celui de l'ancien gendarme. Ils lui esquissent un sourire d'encouragement. Le clocher résonne des quatorze coups de la cloche. Charles tremble un peu et ses mains sont moites. Il les essuie sur son pantalon. Des talons claquent sur les sept marches du perron de l'église. Charles lève la tête et regarde. Dans la lumière de la porte deux silhouettes de femmes apparaissent à contre-jour. L'une et l'autre trempent leurs doigts dans le bénitier et font le signe de croix puis une génuflexion et avancent vers le milieu de la nef. Charles se lève, il a reconnu la silhouette de la jeune fille et s'interroge sur la femme qui l'accompagne. Il fait un pas vers elles et il tombe à genoux. Il pense avoir reconnu Christiane. Il ne sait plus où il en est et pleure. Ses sanglots résonnent jusqu'au fond de l'église. Il est paralysé. D'un coup il entend une voix douce

– Charles. Tu es revenu. Oui c'est bien moi devant toi.
– Christiane. Je ne pensais pas te revoir un jour. Et surtout voir celle qui est avec toi, que j'ai reconnue hier sans l'avoir jamais vue. C'était toi

Ils s'avancent l'un vers l'autre, s'arrête à un mètre de distance n'osant plus bouger. Ils se regardent droit dans les yeux. La jeune fille s'approche et se met entre eux deux. Elle tend ses mains et prend les leurs. Elle n'a pas le temps : un souffle, un cri, les deux anciens amants se jettent dans les bras de l'autre. Le père Maurice qui a regardé sans bouger vient à côté du couple et de la jeune fille et les invite à le suivre. Charles prend par la main Christiane, la jeune fille suit. Dans le fond de l'église tante Germaine prie plus fort, le gendarme retraité sort sans bruit en saluant la petite grand-mère.

Dans le salon du presbytère, Jeanne a préparé des petits gâteaux et la cafetière attend avec le sucrier et un pot de lait. Le père Maurice invite Charles à s'asseoir à sa droite et Christiane à sa gauche. Leur fille, c'est bien elle, est en face du curé. Son regard va de l'un à l'autre, elle semble perdue. Charles ne dit pas un mot. Il regarde fixement Christiane et en même temps il plonge la main dans sa poche et il sort la petite boite métallique rectangulaire. Il a remis les rubans tout autour. Il la tend à Christiane et lui demande de l'ouvrir. D'une main tremblante ; elle tire sur les nouettes et commence à retirer le tissu rouge. Elle lève la tête vers Charles

– Il y a quoi dans cette boite ?
– Toi et des explications que tu ne connais pas.
– Des explications ?
– Oui, ouvre.

On voit ses doigts trembler en tenant la boite. Il faut la faire tourner cinq fois pour dérouler le tissu. Christiane pose ses mains pour ouvrir et fixe des yeux Charles. Elle se crispe pour que le couvercle se soulève. Sa fille s'approche. Une mèche de cheveux blonds attachée par un ruban bleu tombe sur la table. Une toute petite boite en carton reste coincée. Elle réussit à la retirer et l'ouvre. Elle pousse un petit cri et sa fille s'exclame
– C'est quoi ces petites billes noires ?
– Des plombs de chasse

– Des plombs ?

– Oui que j'ai retirés de sous ma peau un certain jour…

– C'était donc vrai Charles. Et je n'y ai jamais crû.

- Quoi maman ?

– C'est une longue et triste histoire. Elle restera entre Charles et moi.

– Tu comprends pourquoi j'ai disparu. La peur d'abord et ensuite pour que tu puisses vivre. Aujourd'hui j'ai pardonné. Mais si j'en parle, c'est qu'il faut en parler pour pardonner, je ne voudrais pas que cette histoire entraîne des nouveaux dégâts.

– Charles viens ici, à côté de moi. Je veux croiser ton regard. J'ai vu tout à l'heure que tes yeux n'avaient pas changés. Tu es courageux d'avoir osé revenir. Au fait, je te présente Mireille. Et Mireille est bien ta fille.

Charles se lève, passe derrière le père Maurice et tombe à genoux devant Christiane pour lui demander pardon. Elle ne dit rien et lui caresse les cheveux. Mireille se lève à son tout et prend dans ses bras sa mère et son père qu'elle vient de découvrir. Le père Maurice se lève à son tour et les laisse seuls. Il demande à Jeanne de venir leur demander dans un moment s'ils veulent quelque chose. Il retourne dans l'église. En y entrant il aperçoit tante Germaine qui est restée au fond. Il la connaît un peu et va vers elle. Il lui demande si elle a besoin de quelque chose ou ce qu'elle attend.

> – Je suis ici pour Charles, c'est mon neveu. Il m'a dit qu'il y aurait ici un événement pour lui. Je l'attends.
> – Oh oui ! Oh oui ! Un grand événement. Il pourra vous le dire quand il voudra, et c'est un heureux jour pour beaucoup de monde.

Il est dix-sept heures quand le père Maurice dit au-revoir à Charles, Christiane et Mireille. Jeanne qui est à ses côtés a la larme à l'œil. Chacun rejoint son chez-soi mais tous ont décidé de se revoir dès le lendemain.

Le père Maurice sort et part en ville. Il sait où trouver le gendarme retraité. Il veut lui glisser quelques mots de ce qu'il a entendu et il voudrait savoir ce que le dossier sur Charles comportait.

Depuis une semaine Charles a trouvé un travail. Il a encore quelques années avant d'atteindre l'âge de la retraite et sa pension pour quinze années dans la légion ne lui permet pas de vivre dignement. Il surveille les clients indélicats dans un grand magasin où on trouve de tout. Deux mois se sont écoulés depuis les retrouvailles avec Christiane. Ils se voient le mercredi à la fin du marché et souvent Mireille les rejoint. Ils parlent de leur jeunesse et aussi de l'avenir. Christiane, au fond d'elle, était persuadée que Charles reviendrait un jour ou l'autre.

Elle a élevé Mireille seule, avec l'aide de sa mère, en cachette de son père qui n'a jamais admis qu'elle devienne mère si jeune. Lors d'un rendez-vous Charles arrive soucieux. Christiane le remarque et lui demande ce qu'il a, si c'est son travail ou autre chose

> – Je rumine quelque chose depuis un moment, depuis que tu as accepté qu'on se revoie régulièrement
> – C'est normal, je pense à toi tous les jours.
> – Ne me dis pas que tu m'aimes encore ?
> – Bah… Sans doute oui.
> – Heu… Moi aussi un peu. Bon ce n'est pas tout à fait ça qui me préoccupe, mais ça en découle.
> – Explique moi
> – Voilà. Tu connais tout ce que j'ai fait depuis ce jour où
> – Chuuut !! N'en reparles pas.
> – Non, mais tant que je n'aurais pas fait ce que je pense, je ne pourrais pas vivre libre. Tu sais, mon départ, mon parcours loin de tout et mon retour, c'est un peu comme un coureur cycliste du tour de France. Il avance, il souffre, il grimpe, arrive au sommet, réalise son rêve puis respire et descend en roue libre, libéré de toutes ses obligations et contraintes. Moi, je suis en vue du

sommet, il me reste une épreuve mais je ne peux pas la faire tout seul.

– Et c'est quelle épreuve, quel sommet à franchir ?

– Ton père !

– Ooh !!! Tu oserais l'affronter !

– Pas de face. Écoute, je t'explique…

Une heure plus tard, Charles et Christiane se lèvent de leur table, se font la bise sur les joues et se donnent rendez-vous cette fois-ci pour un prochain samedi.

Il y a une grande animation ce samedi matin autour de l'hippodrome, c'est le jour du grand prix et c'est un défilé de vans depuis six heures. Il y a une centaine de chevaux inscrits au programme de la journée. À l'entrée, le président de la société regarde les véhicules arriver. Il a mis son costume à queue de pie et un chapeau haut de forme. Les entrants le saluent. Vers onze heures, il se dirige vers le bureau et le hall où les premiers parieurs commencent à s'installer face aux guichets. Il a un large sourire de satisfaction.

Le premier départ est prévu vers treize heures trente et le grand prix partira à quinze heures vingt minutes. Les guichets sont désormais ouverts et les gens arrivent. Il y aura sans doute aujourd'hui encore plus de trois mille personnes dans les tribunes.

Les cris d'encouragement des spectateurs résonnent au-delà de l'enceinte de l'hippodrome dès le départ de la première course. Dans la rue cinq personnes discutent avant d'entrer. Ils regardent au loin derrière eux. Une voiture de police est garée. Le père Maurice fait un pas vers le guichet pour acheter son ticket, Charles, Christiane et Mireille lui emboîte le pas. Le gendarme retraité laisse passer quelques spectateurs et entre à son tour. Christiane et Mireille encadrent Charles en le tenant par la main. Le père Maurice qui a attendu après l'entrée, suit en marchant de concert avec le gendarme retraité. Le groupe se dirige vers la tribune officielle, lentement, en regardant de tous les côtés. Les parieurs suivent la course de galop avec de nombreuses réactions de bonheur ou de tristesse selon la place du cheval à l'arrivée.

Christiane qui connaît assez bien les lieux entre par le restaurant qui est désert. Elle poursuit le cheminement jusqu'au bar qui a un accès direct sur la tribune officielle. Charles lui serre le bras et, tremblant, lui demande si elle est toujours d'accord.

– Bien sûr et plus que jamais !
– Tu as la petite boite qu'on a préparée ,
– C'est Mireille qui la tient. N'aie pas peur. On y va !

Mireille se retourne et voit le curé et l'ancien gendarme arrêtés appuyés sur le bar et qui les regardent. Elle tremble aussi, comme Charles.

Christiane, en entraînant Charles, ouvre la porte d'accès à la tribune officielle en poussant un homme qui était appuyé dessus. Cette arrivée fait tourner des têtes dont celle de son père. Celui-ci fait un bond en se retournant., se retrouve bouche grande ouverte mais pas un son ne sort de sa gorge. Son chapeau tombe et il vient vers le trio avec une furie soudaine, comme un sanglier qui charge. Charles avance d'un pas pour protéger Christiane et Mireille. Le père réussit à prendre sa fille au col et se met à hurler

– C'est quoi cette arrivée ici et qui est cet homme ?
– C'est mon futur mari
– Quoi !!!!
– C'est le père de Mireille, ma fille. Tiens, au fait, elle a cadeau pour toi !

Charles a pris les mains du père et, en lui tordant les doigts, l'a fait lâcher. Il hurle de douleur parce que Charles maintient la prise. Les gestes du combat rapproché reviennent vite. Pendant que Christiane recule soulagée, Mireille tend la petite boite à son grand-père en lui ordonnant de l'ouvrir et de réfléchir à son contenu. Charles relâche sa prise, et restant bien campé sur ses jambes, surveille l'homme qui est loin d'être calmé. Un attroupement se fait autour des protagonistes. Le père, sous le coup de la colère, a les mains qui tremblent. Il a du mal à ouvrir la boite que Mireille lui a donné. Elle n'est pas plus grande qu'une boite à pilules. Le père réussit enfin à l'ouvrir et, en hurlant vers sa fille et sa petite fille, leur demande

– C'est quoi ces billes noires ?
– Elle proviennent de ton fusil quand tu as voulu tuer Charles il y a vingt ans. Charles nous a retrouvées. Toi tu ne nous verras plus. Adieu assassin !

Christiane fait demi-tour entraînant Mireille et Charles. Son père se met à hurler, à sauter sur place et donne même du poing à deux de ses amis qui le retiennent et tentent de le calmer. Devant ce qui ressemble à une émeute, les policiers de service se précipitent dans la tribune et demandent ce qui se passe. On leur répond qu'il ne s'agit que d'une dispute familiale. Ils sont néanmoins inquiets en voyant le père le visage écarlate comme en train de s'étouffer. Ils l'entraînent dans la salle du bar et le font asseoir. Ils lui posent des questions pour savoir les raisons de ce remue-ménage. Il reste muet. Le barman vient lui apporter un verre d'eau. Un des policiers retourne dans la tribune et s'adresse à quelqu'un qu'il sait ami du père. Il répond dans le creux de l'oreille du policier avec un air effrayé. Le policier revient dans le bar et demande au père ce qu'il a fait du cadeau qui l'a mis en colère. La main droite du père se tend vers le policier et s'ouvre, celui-ci prend la petite boite et soulève le couvercle.

– Ça ressemble à des plombs de chasse
– Oui.
– Et ils viennent d'où ?

Une main se pose sur l'épaule du policier et une voix lui dit de venir à l'écart. En se retournant il est face au gendarme retraité.

    – Je connais toute l'histoire, et j'ai vu ce qui vient de se passer. Je pense qu'il vaut mieux que tu me donnes cette boite et que personne ne parle de cette altercation. C'est une histoire de famille longue et triste.
    – Qui êtes vous pour le parler comme ça ?
    – J'étais en poste à la gendarmerie il y a un certain nombre d'années et j'ai eu un dossier étrange entre les mains. Ce qui vient de se dérouler permet de fermer cette affaire.
    – Mais moi pour mon intervention avec le collègue ?
    – Tu fais au besoin un rapport pour une bousculade sans suite.
    – Je vais essayer comme ça. Surtout que je connais bien le père !

Depuis six mois, Christiane vit avec Charles. Mireille vient souvent leur rendre visite. Elle est encore perturbée par l'arrivée de cet homme à la maison, cet homme qui est son père, ce père dont elle ignorait l'existence. Ils ont tous les trois une vie différente de celle qu'ils avaient l'an passé. Quand ils en parlent, on voit le bonheur sur leurs visages et Charles aime rappeler qu'il n'a plus besoin de pédaler pour avancer, ils ont atteint leur but et se laissent vivre, en roue libre maintenant. Une fois par mois, ils vont faire une pause à l'église Saint Nicolas. Ils y retrouvent le père Maurice et son compère avec sa veste bleue aux boutons dorés et sa casquette de marin. Charles a emmené Christiane à Conflans rencontrer la mère de Chantal, la femme du capitaine de la péniche qui l'avait conduit jusqu'au Havre dans sa fuite avec la blessure dans son cœur et son corps. Le cercle de sa vie bouclé et expliqué à Christiane, ils ne leur restent plus qu'à entourer de leur amour Mireille qui fondera son nid dans peu de temps. Elle aussi pédalera fort pour avancer dans la vie avant de se reposer, en roue libre, une fois tout en place.

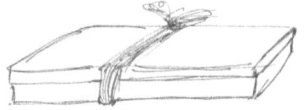

Le rideau s'est soulevé

Les branches du bosquet le long de la rivière bougent depuis un bon moment. Pas de bruits particuliers en émanent. Des oiseaux reviennent se poser sur les roseaux à quelques mètres. Certains sont occupés à faire leur nid. Un lapin traverse le chemin et pénètre dans le bosquet. Il en ressort aussitôt comme apeuré et s'éloigne en courant sur le chemin vers les grands arbres. Un plouf annonce le plongeon d'une grenouille dans l'eau. La nature est en pleine évolution : c'est le printemps depuis quelques jours. Des hirondelles sont arrivées et ont reconnu leurs nids dans l'étable et les occupent de nouveau.

Un mouvement important fait bouger encore plus les baliveaux qui s'écartent. On entend un rire puis un deuxième. Un garçon et une fille se tenant par la main font quelques pas, s'arrêtent, se regardent dans les yeux puis s'étreignent en s'embrassant tendrement. Le garçon remet en place la chevelure blonde de la fille qui rie aux éclats en lui sautant au cou. Lentement ils se mettent en marche sur le chemin en se tenant par la main. Ils s'éloignent sans un regard derrière eux.

Les vacances de printemps sont terminées. Le car ramène les collégiens et les lycéens. Il stoppe au cœur du village. Un garçon aide élégamment une jeune fille blonde à descendre et poser le pied sur les pavés du trottoir. Leurs copains les regardent d'un œil amusé, il y en a même un qui leur demande si le lit est réservé à la maternité... Les amoureux se font un léger baiser sur les lèvres et partent chacun de leur côté.

À la fenêtre de la petite maison en face de l'arrêt de bus, un visage souriant apparaît presque collé au carreau, la main tenant le rideau.

Le car repart et la vielle dame s'écarte et laisse tomber le rideau. Elle revient s'asseoir pour continuer la partie de scrabble avec son mari qui lui demande des nouvelles des jeunes qu'elle a observés. Elle hausse les épaules et pose un mot avec une lettre qui compte triple.

Ce premier dimanche de juin, c'est la fête au village. Une dizaine de manèges sont dressés sur la place de la mairie et c'est jour de vide-grenier. Les habitants peuvent déballer leur bric-à-brac devant chez eux pour vider leur maison. D'autres camelots et brocanteurs d'un jour venus d'ailleurs se sont installés dès le lever du jour.

Ce jour de fête, les anciens sont invités pour un apéritif et un buffet offert par la municipalité. Ils sont une quarantaine installés sur de longues tables dans la cour de l'école. Les conseillers font le service. Le maire fait le tour pour saluer tout le monde. Il s'attarde auprès d'un couple. Il a rendez-vous avec eux la semaine prochaine pour leurs noces de diamant. C'est la première fois qu'il officiera pour une telle cérémonie. Il se penche et demande à l'oreille de madame si tout va bien dans le ménage. La réponse le fait rire et la transmet au mari qui confirme que c'est vrai et que ça marche mieux maintenant parce qu'ils ont le temps de se mettre en route et qu'ils n'oublient pas de fermer la porte à clef !

Avant hier c'était l'été. La jeune fille blonde est déjà arrivée à l'arrêt de bus. Elle se défait de son sac à dos et le pose sur le banc à côté d'elle. Aujourd'hui elle a mis une jupe fleurie en coton léger et un corsage assorti. La météo annonce plus de vingt-deux degrés. En face le rideau est accroché à l'espagnolette et le visage est déjà passé deux fois. Les collégiens et lycéens arrivent seuls ou par petits groupes. La jeune fille blonde se lève d'un coup et remonte lentement la rue. Elle semble inquiète et avance la tête baissée. D'un coup, elle accélère le pas et se met même à courir. Son copain arrive. Il est immobile. Son amoureuse s'approche et s'arrête à quelques centimètres de lui. Avec précaution, elle passe la main derrière son cou et l'embrasse doucement. Elle se baisse et prend son sac. Avant de repartir vers l'arrêt de bus, elle s'inquiète de son accident d'hier. Il la rassure et lui dit que dans un mois on lui retirera le plâtre de la cheville gauche. Ils arrivent à l'arrêt, lui sur les béquilles, elle avec les deux sacs quand le car s'y arrête. C'est maintenant elle qui l'aide et ils rejoignent leur place au fond du car. Pendant le voyage, les baisers seront nombreux.

Le soir, les deux amoureux sont les derniers à descendre. Ils partent vers la maison du garçon, elle portant les deux sacs et lui avançant sur ses béquilles lentement. Ils sont arrivés à moins de cent mètres de chez lui quand la mère du garçon sort de la cour dans la rue. Voyant la jolie blonde avec son fils, elle fait demi-tour et reste à tenir le portail ouvert. Elle savait son fils amoureux et n'avait jamais vu celle qui avait pris son cœur. La jeune fille, arrivée au portail, tend le sac du garçon à sa mère et veut repartir. Elle refuse et l'invite à entrer. Un quart d'heure plus tard elle embrasse son amoureux sur le pas de la porte de la maison et repart chez elle. Quand elle repasse devant l'arrêt de bus, le visage est toujours derrière la fenêtre...

Le rideau de la fenêtre ne se lève plus quand les cars scolaires s'arrêtent. La jeune fille blonde et son copain ont poursuivi leurs études ailleurs et désormais travaillent en ville.

Ce samedi de mars, les cloches de l'église ont sonné à toute volée. Un couple vient de s'unir devant l'autel : un beau jeune homme a épousé celle qu'il aime depuis le collège, une belle blonde douce qui est souriante face à tous leurs amis groupés sur le parvis. À l'issue du repas, au milieu de la nuit, les nouveaux mariés sont partis et se sont réfugiés dans une petite maison isolée qu'ils connaissent bien. Elle leur a été prêtée par une grand mère. Elle les a observés tous les jours à l'arrêt du car en soulevant le rideau de la cuisine. Ils sont restés sans sortir sans salir un seul vêtement pendant 3 jours ne se nourrissant que de ce qu'ils avaient avant ce jour qu'ils attendaient tant : leur amour qu'ils espèrent éternel. La grand-mère qui est désormais seule, n'a pas eu d'enfants et les avait invité quand le collégien marchait avec ses deux béquilles. Son mari venait de disparaître et de voir leur amour naissant, c'était le sien qu'elle revivait...

Le visage apparaît à la fenêtre sous le rideau

SOMMAIRE

Page 4   Chuuuut !
Page 12   Le bois de Rose
Page 19   Une chasse au trésor
Page 32   Sous les frondaisons
Page 39   Un regard
Page 49   Un jour de fêtes.
Page 60   Trois roues de bonheur
Page 70   La grotte cachée
Page 83   Pas de chance
Page 92   Il est revenu
Page 102   Les roues et la canne blanche
Page 115   Merci
Page 124   Résurrection
Page 137   Le bruit de la canne
Page 145   Tata, racontes moi…
Page 155   La petite boite aux souvenirs
Page 185   Le rideau s'est soulevé

Autres titres de l'auteur parus au même éditeur

2010. Roman d'une vie en Beauce.
Prix du manuscrit 2009 du pays de Beauce et du Dunois

2010. La vie tout simplement.

2011. Piaux d'lapins, Piaux !

2012. Des ballades et des rêves.

2013. Histoires extraordinaires chez nous en Beauce et ailleurs.

2015. Drôles d'histoires en pays bonnevalais.

2015 ? Des ciboires, Léandre et autres découvertes.

2016. Des mariages en Beauce.

2017. Dans la cour de la Feularde.

2017. L'enfant de la piscine.

2019. L'histoire dunoise est-elle gravée dans la pierre ?

© 2019. André Lejeune
Édition : Books on Demand
12/14 rond point des Champs Élysées
75008 Paris.
Impression : BoD. Books on Demand
Norderstedt. Allemagne.
ISBN : 9 782322 126156
Dépôt légal : octobre 2019.